l'anti-

Vous détestez lire ?

Livre

Vous risquez d'adorer !

de lecture

Élisabeth **Brami**
Claire **Faÿ**

l'anti-

vous détestez lire ?

livre

vous risquez d'adorer !

de lecture

■ ALBIN MICHEL

PRÉFACE

« Nous sommes les enfants des livres. Nous les aimons. Ils nous ont faits, nous en faisons. » Jean d'Ormesson

J'ai toujours adoré les livres de lecture. Déjà toute petite, à l'école primaire, j'avalais le mien d'une traite dès la rentrée, malgré l'interdiction. Je piochais aussi avec gourmandise dans mes livres de grammaire, qui devenaient pour moi des sortes d'anthologies de citations. C'est là que j'ai découvert de succulents morceaux de littérature en forme de dictées – et pourtant, en ce temps-là, j'étais drôlement fâchée avec l'orthographe !

Plus tard, au collège, au lycée, j'ai eu le culte des manuels de français, sortes de concentrés de la bibliothèque idéale que je ne pouvais posséder. D'ailleurs, j'ai conservé précieusement mes six tomes de « Lagarde et Michard », qui, bien plus que des livres scolaires, furent de véritables livres de chevet.

Voici pourquoi, aujourd'hui, j'offre cet *Anti-livre de lecture*,
en hommage joyeux et affectueux
   à toutes les maîtresses et tous les professeurs
   qui m'ont servi de guides dans la forêt des romans
   où je me suis perdue et retrouvée avec délices,
   aux écrivains et aux personnages amis
   qui m'ont pris par la main,
   aux bibliothécaires qui m'ont sauvé la vie.
Car écrire, parfois, c'est s'acquitter d'une dette.

À mon tour de semer pour vous, chers jeunes lecteurs,
ces miettes de romans choisies avec amour et humour
comme autant de petits cailloux blancs sur le chemin
des Lettres. À mon tour de vous y entraîner jour après jour,
de vous y accompagner, de vous y soutenir, afin de vous
rendre ivres de livres, ivres de vivre.
Quant à vous, chers aînés, parents, grands-parents,
professeurs, vous les passeurs, j'espère que vous accepterez
cette invitation à douze mois de balade, que vous zigzaguerez
au fil des pages, émus, surpris, nostalgiques, et qu'en
parcourant ma route littéraire vous retrouverez avec
jubilation la vôtre et remonterez à la source de vos premières
émotions de lecteur, à votre enfance.

Élisabeth Brami

Ce Livre

Appartient à _____

732 bizarres questions
(avec votre autorisation)...

1. Répondre aux questions? pas d'obligation!
2. Vos réponses? ce sont vos oignons!
3. Critiques, notes, jugements? interdiction!
4. Mille autres questions? vive votre
imagination!!

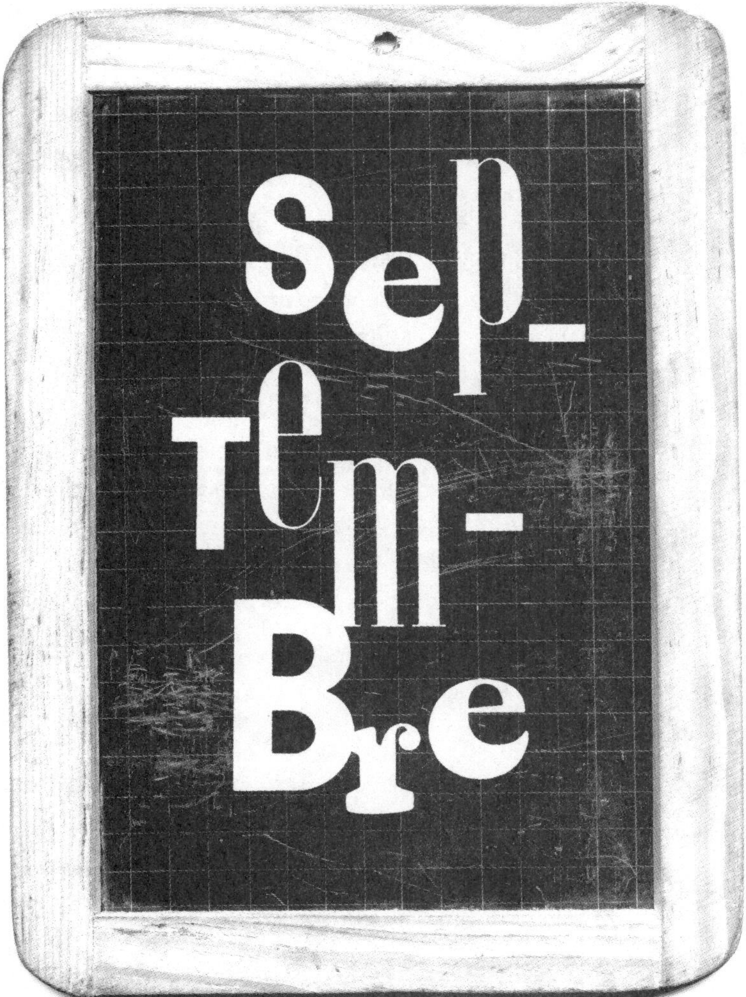
Sep-
Tem-
Bre

[...] je me suis mis à pleurer.
– Ah ! non ! a dit Papa. Demain je recommence
à travailler, je veux me reposer un peu aujourd'hui,
tu ne vas pas me casser les oreilles !
– Mais enfin, a dit Maman à Papa, sois un peu patient
avec le petit. Tu sais comment sont les enfants quand
ils reviennent de vacances.
Et puis Maman m'a embrassé, elle s'est essuyé la
figure, elle m'a mouché et elle m'a dit de m'amuser
gentiment. Alors moi j'ai dit à Maman que je voulais
bien, mais que je ne savais pas quoi faire.
– Pourquoi ne ferais-tu pas germer un haricot ?
m'a demandé Maman.

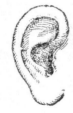

René Goscinny et Jean-Jacques Sempé
« On est rentrés », *Les Vacances du petit Nicolas*

– À votre avis, pourquoi les parents ne sont-ils
jamais d'accord au sujet des enfants ?
– Pourquoi serait-on toujours obligé de savoir
quoi faire ? Les idées des autres sont-elles
utiles ?

Le jour de la rentrée, c'est un des pires de l'année avec Noël. J'en ai eu la diarrhée trois jours avant. L'idée d'aller dans une nouvelle école que tu connais pas avec plein de gens que tu connais pas et, pire, qui te connaissent pas non plus, eh ben moi, ça me donne la chiasse. Pardon, la colique. Ça fait moins dégueulasse.

Faïza Guène
Kiffe kiffe demain

- Comment vous sentez-vous le jour de la rentrée?
- Est-ce que ça vous fait aussi courir aux W.-C. ?

3

Ce n'était pas seulement ma blouse qui me distinguait des autres enfants. Les autres avaient de beaux cartables en cuir jaune, des encriers de buis qui sentaient bon, des cahiers cartonnés, des livres neufs avec beaucoup de notes dans le bas ; moi, mes livres étaient de vieux bouquins achetés sur les quais, moisis, fanés, sentant le rance ; les couvertures étaient toujours en lambeaux, quelquefois il manquait des pages.

Alphonse Daudet
Le Petit Chose

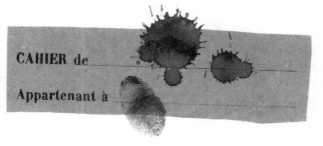

CAHIER de _____

Appartenant à _____

- Dans votre famille, qui a eu une blouse ? un cartable ? un encrier ?
- Pour vous, quelle est la pire des choses quand on est pauvre ?

Pour la rentrée, ma nouvelle maîtresse principale c'était Mlle Iris. Elle est gentille comme maîtresse, elle est jeune et elle porte plein de maquillage. Elle est blonde. Elle a du vernis à ongles et des tas de jolis habits comme à la télé. Elle se parfume ce qui est divin. Et puis aussi elle est sympa, mon vieux, pas vache et elle gueule jamais.

Howard Buten
Quand j'avais cinq ans, je m'ai tué

- Avez-vous déjà rencontré une maîtresse comme Mlle Iris ?
- Imaginez le portrait d'une Mlle Cactus.

5

Quand j'entrai dans la classe, les élèves ricanèrent.
On disait : « Tiens ! il a une blouse ! » Le professeur
fit la grimace et tout de suite me prit en aversion.
Depuis lors, quand il me parla, ce fut toujours du bout
des lèvres, d'un air méprisant. Jamais il ne m'appela
par mon nom ; il disait toujours : « Hé ! vous, là-bas,
le petit Chose ! » Je lui avais dit pourtant plus de vingt
fois que je m'appelais Daniel Ey-sset-te... À la fin,
mes camarades me surnommèrent « le petit Chose »,
et le surnom me resta...

hi   hi hihi i ji   i
     hi ii hi hi hi !

Alphonse Daudet
Le Petit Chose

- A-t-on déjà écorché votre nom ?
Comment l'avez-vous supporté ?
- Vous a-t-on déjà collé un surnom débile ?
Qu'avez-vous fait ? Avez-vous réagi comme
Théodore Laurence dans Les Quatre Filles
du docteur March ?
(Allez voir au 22 mai...)

12

– Levez-vous, reprit le professeur, et dites-moi votre nom.

Le *nouveau* articula, d'une voix bredouillante, un nom inintelligible.

– Répétez !

Le même bredouillement de syllabes se fit entendre, couvert par les huées de la classe.

– Plus haut ! cria le maître, plus haut !

Le *nouveau*, prenant alors une résolution extrême, ouvrit une bouche démesurée et lança à pleins poumons, comme pour appeler quelqu'un, ce mot : *Charbovari*.

Gustave Flaubert
Madame Bovary

CHARBOVARI

- Que signifie « charbovari » ?

(Indice : c'est un prénom + un nom.)

- Pouvez-vous, vous aussi, mettre en bouillie vos prénom et nom ? Il y a un autre cas en octobre. À vous de le trouver...

- Rép. Charles Bovary.
- Rép. L'autre cas (au 22 octobre) est « liftermand ».

7

Je suis interne au lycée depuis une semaine et je pisse toujours au lit.

Le jour de mon installation, mes parents ont prévenu la lingère, une grosse femme qui respire fort et se déplace difficilement. Ils parlent tous les trois à l'écart, et moi dans les environs. Je suis censé entendre et ne pas entendre, faire mon tri dans ces murmures de la honte.

Jean-Paul Nozière
Mais qu'est-ce qu'on va bien faire de toi ?

- Dans quel roman célèbre un petit garçon fait-il aussi pipi au lit ?
(Indice : l'auteur porte le nom d'un animal et son personnage, le nom d'un légume.)
- « Pisser au lit, c'est pas marrant. Faut en parler, c'est important. » Sur ce modèle, rimez avec : « Faire pipi au lit en colo », « faire pipi au lit chez mamie », « faire pipi dans sa culotte », etc.

- Rép. *Poil de carotte*, écrit par Jules Renard.

14

8

Le premier jour d'école, Tistou rentra chez lui
les poches pleines de zéros.

Le second jour, il reçut en punition deux heures
de retenue, c'est-à-dire qu'il resta deux heures
de plus à dormir dans la classe.

Au soir du troisième jour, le maître remit à Tistou
une lettre pour son père. Dans cette lettre,
monsieur Père eut la douleur de lire ces mots :
« Monsieur, votre enfant n'est pas comme tout
le monde. Il nous est impossible de le garder. »
L'école renvoyait Tistou à ses parents.

Maurice Druon
Tistou les pouces verts

- Vous souvenez-vous de votre premier zéro,
ou d'avoir été renvoyé de l'école ? Cela vous
a servi à quoi ?
- Que signifie « ne pas être comme tout
le monde » ? Pourquoi faudrait-il être comme
tout le monde ?

9

Les deux boutiques de libraire étaient envahies par les parents qui achetaient des cahiers, des buvards, des serviettes de cuir.

Je me disais en moi-même : « Voilà le premier jour. Encore dix mois avant les vacances. »

Edmondo De Amicis
Grands Cœurs

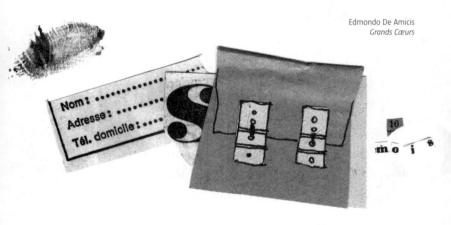

- Aimez-vous recevoir de nouvelles fournitures scolaires ?
- Repérez dans le texte deux achats qu'on ne fait plus. Pourquoi ?

Septembre

10

C'était le mercredi du papier brouillon, du papier
à double interligne, du papier à carreaux et de mille
articles dépistés dans les rayons « Rentrée scolaire »
parmi la foule d'enfants et de parents à la recherche
urgente de stylos à bille, de cahiers de textes,
de cartons, gommes et compagnie.
Margot était furieuse de voir toute la population
de la ville se jeter dans ces achats le même jour.
S'il n'y avait pas eu tant de monde, ça aurait pu être
agréable [...].

Susie Morgenstern
La Sixième

- Complétez la liste des fournitures exigées.
- Détestez-vous aussi la foule ? Comment
l'évitez-vous ?

17

11

[...] le temps d'un été, nous avons été inséparables. Je pense encore à nous, marchant la main dans la main le long du Zuider Amstellaan, lui dans un costume de coton blanc, moi dans une courte robe d'été. À la fin des grandes vacances, il est entré en sixième et moi dans la dernière classe de l'école primaire. Il venait me chercher à l'école et inversement, j'allais le chercher.

Anne Frank
Journal d'Anne Frank

- Avez-vous déjà été inséparables avec quelqu'un, puis séparés ?...
- La différence d'âge est-elle un problème en amitié ?

Parmi les nouveaux amis de Matilda se trouvait
la fillette appelée Anémone. Dès les premiers jours,
les deux enfants ne s'étaient pas quittées pendant
les récréations du matin et du midi. Anémone,
particulièrement petite pour son âge, était une sorte
de mauviette aux yeux marron foncé, avec une
frange de cheveux bruns sur le front. Matilda
l'aimait parce qu'elle était intrépide et aventureuse.
Et Anémone aimait Matilda exactement pour les
mêmes raisons.

Roald Dahl
Matilda

– Savez-vous toujours pourquoi vous aimez
quelqu'un ?
– Pourriez-vous, vous aussi, aimer
une « mauviette » ?

– Allô ? fit Mamina. Bonsoir, madame. Vous êtes la maman de Manon ?... Moi c'est Mamina, je suis une amie de votre fille. Comment ?... Non, je n'ai pas onze ans. J'aurais bien aimé, remarquez, mais j'en ai soixante de plus. Oui, c'est cela, soixante et onze ans. Et pourquoi pensez-vous que Manon n'a pas d'amie de mon âge ?

Yaël Hassan
Manon et Mamina

- Êtes-vous ami(e) avec une personne plus âgée que vous ?
- Imaginez les répliques de la mère de Manon au téléphone.

14

Ma mère voulait m'empêcher de me marier
avec Anna ? Elle allait voir ce qu'elle allait voir.
Je n'ouvrirais plus jamais la porte de ma chambre.
Plus jamais de jamais. Même si elle pleurait
à genoux de l'autre côté, avec de grosses larmes
qui s'écrasaient par terre. Même si ça faisait
une flaque qui passait sous la porte.

Thierry Lenain
Je me marierai avec Anna

- Vous êtes-vous déjà barricadé(e) dans votre
chambre ? Combien de temps avez-vous tenu ?
- Combien de serpillières pour éponger
les larmes de votre mère ?

Debbie est une des plus belles filles que je connaisse. Elle a de longs cheveux châtains qui ondulent et qui brillent, un peu comme ceux des mannequins, dans les publicités pour du shampooing. [...] Cela peut paraître idiot mais je pourrais regarder Debbie pendant des heures et des heures. Ce n'est pas que je sois amoureuse d'elle ou quelque chose comme cela. J'ai même cessé de l'aimer quand elle a commencé à me préférer Emma qui dit tout le temps du mal de moi derrière mon dos [...].

Elizabeth Laird
Mon Drôle de petit frère

- Admirez-vous quelqu'un pour sa beauté ? pour autre chose ?
- Quelle différence faites-vous entre amitié et amour ?

16

Mes parents s'inquiétaient parce que je ne participais jamais aux fêtes de l'école, aux réunions des scouts, etc. Moi, ça me tracassait qu'ils se fassent du souci, mais en dehors de ça, je n'avais aucun problème. À l'école, les copains n'insistaient plus pour que je me joigne à eux – ils en avaient sans doute assez de me supplier, ou bien ça leur était égal que je sois là ou pas.

David Grossman
Duel à Jérusalem

- Avez-vous des parents inquiets à votre sujet ? Comment agir ?
- Vous faites-vous du souci pour vos parents ?

17

Je me souviens que, lorsque j'étais enfant,
les chasseurs apportaient à la maison,
vers l'automne, de belles et douces palombes
ensanglantées. On me donnait celles qui étaient
encore vivantes, et j'en prenais soin. J'y mettais
la même ardeur et les mêmes tendresses
qu'une mère pour ses enfants, et je réussissais
à en guérir quelques-unes.

George Sand
Lettres d'un voyageur

- Êtes-vous du côté des chasseurs ou
des soigneurs ?
- Avez-vous déjà essayé de sauver un
animal ? Cela s'est-il bien ou mal passé ?

18

L'automne était à notre porte et nous ne le
savions pas !

[...] C'est vrai que le soleil se couchait plus vite
et se levait plus tard. C'est vrai que les nuits
étaient plus froides et que nous avions remplacé
la couverture de coton par une plus chaude en laine.

Marthe Seguin-Fontes
Lettres de mon jardin

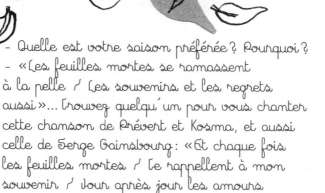

- Quelle est votre saison préférée ? Pourquoi ?
- « Les feuilles mortes se ramassent
à la pelle / Les souvenirs et les regrets
aussi »... Trouvez quelqu'un pour vous chanter
cette chanson de Prévert et Kosma, et aussi
celle de Serge Gainsbourg : « Et chaque fois
les feuilles mortes / Te rappellent à mon
souvenir / Jour après jour les amours
mortes / N'en finissent pas de mourir »...

19

Quand on était encore en maternelle, on se jetait dans les feuilles mortes, on s'y roulait, on s'y vautrait, on criait de bonheur. Les maîtresses vous sortaient de là en vous tirant par le bras, elles vous donnaient une fessée rapide, c'était un temps béni. À l'école primaire, les petits couraient en raclant les pieds, ils soulevaient des nuages de feuilles, ils les éparpillaient, ils riaient, et les grands du CM2 les regardaient faire en haussant les épaules.

Jean-Noël Blanc
Fil de fer, la vie

- Quelles autres différences voyez-vous entre l'école maternelle et l'école primaire ?
- Laquelle des deux écoles préférez-vous ?

20

Le dimanche était le seul jour que Toby attendait vraiment avec impatience. Il n'y aurait pas de leçon à réciter et pas d'exercice au-dessus de ses compétences.

Michael Morpurgo
L'Année des miracles

- Rép. « C'est demain dimanche / La fête à ma tante »....

- Aimez-vous le dimanche ? Dressez la liste des bons côtés de ce jour pas comme les autres.
- Dans une comptine célèbre, il y a le mot « dimanche ». La connaissez-vous ?

21

Le seul défaut des dimanches, c'était qu'ils se terminaient et étaient invariablement suivis d'un lundi [...].

Michael Morpurgo
L'Année des miracles

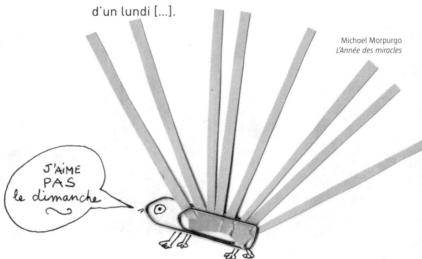

- Détestez-vous le dimanche ? Dressez la liste des mauvais côtés de ce jour pas comme les autres.
- Quelles sont vos solutions pour survivre au dimanche ?

Tous les lundis, c'est pareil. On a rédaction.
« Racontez votre dimanche. » C'est embêtant,
parce que, chez moi, le dimanche, il ne se passe
rien : on va chez mes grands-parents, on fait rien,
on mange, on refait rien, on remange et c'est fini.

Bernard Friot
Encore des histoires pressées

- Qu'est-ce qu'un dimanche « rien » ?
- Est-on obligé d'écrire la vérité dans
une rédaction ?

29

23

La leçon de lecture est particulièrement redoutable ; car il faut suivre sur le livre avec le doigt ce qu'un élève lit tout haut et pouvoir en même temps répéter les explications que M. Anjou vient de donner, s'il vous les demande, bien qu'il n'en donne jamais qu'on ait envie de retenir.

Si l'on ne peut répéter, M. Anjou rugit et vous ordonne de venir auprès de lui recevoir une gifle sous laquelle on manque de tomber, ou bien il faut lui tendre une main ouverte, pour qu'il puisse y appliquer quatre terribles coups de règle.

Charles Vildrac
L'Île rose

- Avez-vous eu des difficultés avec la lecture ? En avez-vous encore ? Pourquoi, d'après vous ? Que faire ?

- Si vous lisez ces lignes, c'est que ça va mieux. Comment ça se fait ? On vous a tapé dessus ?

24

Maman a entouré les branches de mes lunettes avec du sparadrap. J'ai moins mal, mais je les perds en courant. Je dois m'y habituer.

Nicole Voisin
Le Pain de l'hôpital

Rép. Serpent à lunettes.

- Si vous portez des lunettes, êtes-vous embêté(e) ou content(e) ?
- Quel surnom méchant donnent certains idiots aux porteurs de lunettes ?
(Indice : c'est le titre d'un roman jeunesse. Vous aurez la réponse demain !)

25

Ivan me percute. Impossible de l'éviter. Il se lève en riant, la balle sous le bras.
– T'es aveugle ou quoi, Serpent à lunettes ?
raille-t-il en se frottant l'œil.
Étalée par terre, un peu sonnée, je ne pense qu'à une chose : pourvu que mes lunettes n'aient rien !

Maïa Brami
Serpent à lunettes !

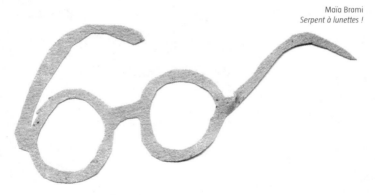

- De quel méchant surnom avez-vous été l'objet ? Qu'avez-vous fait ?
- Quel est votre pire, ou votre meilleur, souvenir de bousculade à l'école ?

32

[...] quand je rentrais à la maison, c'était le désert...
C'est à ce moment-là que j'ai pris l'habitude
de regarder la télé jusqu'au retour de maman.
Au moins, ça faisait du bruit dans la maison.
Alors, évidemment, les résultats à l'école ont fait
une chute libre. Je suis passé des félicitations
à « trimestre inquiétant ».

Sylvaine Jaoui
Spinoza et moi

- Avez-vous autant besoin de vous faire
garder par une télé-sitter ?
- Est-ce que, pour vous aussi, heures
de télé et résultats scolaires sont liés ?
Que comptez-vous faire ?

27

Enid déboula dans le hall en claironnant :
– Houhou ! C'est mouââââ...
Personne.
Elle en profita pour ne pas s'essuyer les pieds
et balancer son sac au milieu du salon. Elle se
déchaussa, se tortilla pour s'extraire de sa parka
et bifurqua dare-dare côté cuisine.
Elle y débusqua un cake aux noix (signé Geneviève),
s'en coupa deux tranches, chacune épaisse comme
un cahier de 254 pages. Et elle se versa un gobelet
de sirop à la violette. Ingrid et Roberto apparurent
pour quémander des miettes.
– Moi d'abord ! leur rétorqua Enid. Vous ne revenez
pas de huit heures d'école, vous !

Malika Ferdjoukh
Quatre Sœurs, tome 1 : *Enid*

- Y a-t-il quelqu'un à votre retour de l'école ?
- Si vous êtes seul(e), une présence vous
manque-t-elle ou en profitez-vous à fond ?
(Cela restera entre vous et moi !)

34

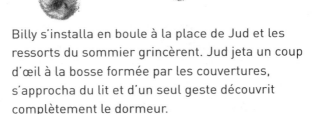

Billy s'installa en boule à la place de Jud et les ressorts du sommier grincèrent. Jud jeta un coup d'œil à la bosse formée par les couvertures, s'approcha du lit et d'un seul geste découvrit complètement le dormeur.

– Pas toutouche à la quéquette. Mets tes chaussettes !
Un instant encore, Billy resta pelotonné au creux du lit, les mains à plat entre les cuisses. Puis il se redressa et se glissa au pied du lit pour récupérer les couvertures.

Barry Hines
Kes

– Savez-vous vous faire respecter,
en famille et ailleurs ?
– Quels autres mots existe-t-il
pour dire « quéquette » ? Enquête !

35

29

À six heures trente, le surveillant nous arrache
au sommeil, à ce temps volé où nous sommes
ailleurs. Il frappe de ses clefs le métal des lits :
– Debout ! Debout ! Debout !
Ce matin-là, c'est le surveillant général lui-même
qui s'en charge. Il ressemble à un aigle, il en a l'œil
et l'arrogance.
– Debout ! Debout !
Petitjean ne bouge pas. Il dort paisiblement. Il rêve
qu'il est en train de donner à manger à ses lapins. [...]
Le surgé tire violemment la couverture, le drap, et
les jette au pied du lit. Le rêve de lapins est foutu.

Jean-Claude Mourlevat
Je voudrais rentrer à la maison

– « Surgé » est l'abréviation de deux mots,
lesquels ?
(Indice : la réponse se trouve dans le texte.)
– Comptez tous les mots violents utilisés par
l'auteur pour décrire la violence du « surgé ».

Le matin, papa me réveillait. Il avait préparé
le petit déjeuner qui nous attendait sur la table
du salon-salle à manger. Il ouvrait les persiennes
et je le voyais de dos, dans l'embrasure de la fenêtre.
Il contemplait le paysage : les toits et, tout là-bas,
la verrière de la gare de l'Est. Et il disait en nouant
le nœud de sa cravate, sur un ton pensif ou
quelquefois très résolu :
– À nous deux, Madame la vie.

Patrick Modiano
Catherine Certitude

– Qui prépare le petit déjeuner dans
votre famille ?
– Vos parents sont-ils de bonne humeur
le matin ? Et vous ?

1

Ce matin, nous sommes tous arrivés à l'école
bien contents, parce qu'on va prendre une photo
de la classe qui sera pour nous un souvenir que
nous allons chérir toute notre vie, comme nous
l'a dit la maîtresse. Elle nous a dit aussi de venir
bien propres et bien coiffés.

René Goscinny
et Jean-Jacques Sempé
« Un souvenir
qu'on va chérir »,
Le Petit Nicolas

- Quel est votre meilleur souvenir de photo
de classe ?
- Et votre pire souvenir de photo de classe ?

2

Comme à son habitude, Adèle n'est pas coiffée.
Elle a dû oublier que la photographe venait ce matin.
Ou peut-être pas, après tout. Elle porte son tee-shirt
trop court et un pantalon troué aux genoux. Elle en
est très fière :

– Ça fait pré-ado ! dit-elle en redressant la poitrine.

Pascale Bourgeault
La Photo de classe

– Pratiquez-vous le style négligé : cheveux
en pétard, jean troué exprès et effiloché ?
Cela vous pose-t-il des problèmes ?
– Est-ce qu'il suffit de montrer son nombril
ou d'être débraillé(e) pour devenir pré-ado ?

41

3

Quand ça sonne, on a tous envie d'aller aux cabinets
avant de rentrer. Les filles y vont par deux :
une qui fait, et l'autre qui tient la porte fermée.
Nous, les garçons, on a de la veine, on fait pipi
debout, et pas toujours dans les cabinets !

Bruno Heitz
Le Cours de récré

- Est-ce que, pour vous aussi, aller aux
cabinets, c'est gagner un rab de récré ?
- Ce n'est pas juste que les filles
ne puissent pas faire pipi debout sans
s'en mettre partout... Et de plus, pourquoi,
depuis plus d'un siècle, les portes
des cabinets ne ferment-elles jamais ?

42

Toute l'après-midi, le retour à la maison et l'idée d'un goûter me hantent : des tartines beurrées, du pain de seigle de la rue Vernier, des biscuits au chocolat, du jus d'ananas. Mon cartable sur le dos, je reviens à la maison à travers les rues que je rebaptise : cours Salami, route des Grandes-Sucettes, boulevard du Pan-Bagnat, place de la Frite.

Susie Morgenstern
La Grosse Patate

- Êtes-vous affamé(e), gourmand(e), glouton(ne), boulimique, goinfre ? Quels autres mots connaissez-vous ?
- Avez-vous un plat préféré ? Sucré ou salé ?

5

Je me suis senti venir une faim de cannibale, alors
j'ai regardé dans le placard : c'était plein de papiers
de chocolat froissés. [...] Pas de choco ! Quelle
misère ! Comment les parents veulent-ils que
leur belle jeunesse tienne le coup sans même
un brin de choco ! Sacrifiés, nous sommes !
Des journées de dur labeur, et, après, la famine...

Évelyne Reberg
La Rédac'

- Êtes-vous accro au choco ?
- Avoir la dalle, les crocs... : quelles sont
les autres façons de dire « avoir une faim
de cannibale » ?

44

L'étalage de l'Italien était une sorte de magasin
à prix unique où chaque article coûtait cinq sous.
[...] Pour cinq sous, on pouvait avoir aussi un petit
cornet de ce qu'on appelait le « mélange écolier »,
particulièrement en faveur chez les collégiens,
composé d'un bonbon, de quelques noisettes,
de raisins de Corinthe et de Malaga, d'amandes,
de poussière, de miettes de Caroube et de cadavres
de mouches.

Ferenc Molnar
Les Gars de la rue Paul

- Quelles cochonneries achetez-vous
après l'école ?
- Quel est votre magasin préféré ?

7

Papa m'a conseillé de faire mes devoirs avec Julie, et là, il a fait un clin d'œil à ma mère.
Mais il se trompe s'il croit que je suis amoureux de Julie.
Celle que j'aime, c'est la maîtresse du CM1, et je l'aurai l'an prochain.

Bruno Heitz
Le Cours de récré

- Êtes-vous du genre à vous laisser imposer un amoureux ou une amoureuse ? Est-ce l'affaire des parents ?
- Avez-vous adoré un(e) maître(sse) ?

46

Léon est nul en conjugaison.

Mais c'est la faute de la maîtresse. Elle est trop belle, trop gentille, trop drôle, trop... tout !

Mais aujourd'hui, Léon a eu 10/10 à l'interrogation.

C'était facile aussi : conjuguer le verbe « aimer » au présent et au futur.

Et là, Léon connaît par cœur la leçon : Je t'aime, je t'aimerai, maintenant et toujours.

Bernard Friot
Nouvelles Histoires minute

Je t'aime

- L'amour empêche-t-il toujours de travailler en classe ?
- Êtes-vous déjà tombé(e) sur un maître ou une maîtresse « trop... tout » ?

9

La maîtresse se félicite de mes bonnes notes.
Première en tout, j'ai toujours envie de triturer
les mots et les chiffres : j'apprends dix-huit fois
mes leçons. J'excelle, comme ils disent. Là-dessus,
au moins, maman est très contente de moi.
Mais ceux de ma classe murmurent en cachette
que je suis une teigne.

Clotilde Bernos
Aninatou

- Être super bon(ne) élève, est-ce
nécessairement être « une teigne » ?
- Pourquoi la narratrice est-elle coincée
dans une telle solitude entre adultes ravis
et enfants ennemis ?

Je m'escrimais avec l'alphabet comme avec un buisson de ronces, et j'étais très fatigué et très égratigné par chaque lettre. Ensuite, je tombai parmi ces neuf gredins de chiffres, qui semblaient chaque soir prendre un nouveau déguisement pour éviter d'être reconnus. Mais à la fin, je commençai à lire, écrire et calculer, le tout à l'aveuglette et en tâtonnant.

Charles Dickens
Les Grandes Espérances

- Êtes-vous, vous aussi, égratigné(e) par l'alphabet ou attaqué(e) par les chiffres ? Que faites-vous pour vous soigner et vous défendre ?
- Que préférez-vous : les chiffres ou les lettres ?

11

Il y eut comme d'habitude quelques bonnes
bousculades dans le couloir, des bérets échangés,
des sabots perdus, des coups de poings [...].
Sitôt que le maître fut rentré dans sa boîte,
les camarades fondirent tous sur Lebrac comme
une volée de moineaux sur un crottin frais.

Louis Pergaud
La Guerre des boutons

– À part les bousculades, qu'est-ce qu'on
ne risque plus de trouver de nos jours
dans les couloirs ?
– À qui est comparé le maître sans que
ce soit écrit ?
(Indice : la boîte.)

– Rép. : À un diable.

Pan !

Ça, c'est une gifle énorme qui sonne sur sa joue.
Je la lui ai lancée à toute volée, avec un « Mêle-toi
de ce qui te regarde » supplémentaire. La classe,
en désordre, bourdonne comme une ruche ;
mademoiselle Sergent descend de son bureau
pour une si grave affaire. Il y avait longtemps que
je n'avais battu une camarade, on commençait
à croire que j'étais devenue raisonnable.

Colette
Claudine à l'école

– Rép. Des onomatopées. Vlan !

- Vous arrive-t-il de vous battre à l'école ?
Résultat ?
- « Pan ! » Comment appelle-t-on les mots
qui évoquent des bruits ? Quel autre mot
peut-on utiliser pour le bruit d'une gifle ?

51

– Et toi, pourquoi t'es si grosse ?
– Parce que quand je serai grande je veux être
chanteuse d'opéra, m'a-t-elle répondu.
Le lendemain, elle m'a bien eu. Cette sale
rancunière m'a demandé :
– Et toi Binoclard, pourquoi tu portes des lunettes ?
– Pour qu'elles soient cassées par Yihad, qui est
un crâneur et mon ami.

Elvira Lindo
Manolito

– Vous est-il arrivé d'être attaqué(e),
insulté(e), critiqué(e) pour votre physique ?
Comment vous êtes-vous senti(e) ?
– Avez-vous déjà attaqué, insulté, critiqué
quelqu'un pour son physique ? Comment
vous êtes-vous senti(e) ?

Elle me répète souvent : « Sacha, tu es un garçon intelligent, je sais que lorsque tu le voudras, tu réussiras. » C'est débile de dire ça. Bien sûr que j'ai envie de réussir, mais je ne sais pas pourquoi, maintenant je loupe tout. Et dans toutes les matières...

Sylvaine Jaoui
Spinoza et moi

- Compassion ou compréhension : que préférez-vous de la part d'un(e) professeur(e) ?
- Combien connaissez-vous de verbes ou d'expressions pour dire « louper » ? Combien pour « réussir » ? Tiens, c'est bizarre, non ?

– Quelquefois, murmura-t-elle, je me dis que j'aimerais bien être quelqu'un d'autre, plutôt que moi.

Morley Torgov
Max Glick

quelqu'un d'autre

- Qui choisiriez-vous d'être si vous pouviez devenir quelqu'un d'autre?
- Pourquoi changer de peau?

Moi aussi j'ai parfois envie de crever, tellement
j'ai envie d'être fort. Il y a des moments où je rêve
d'être un flic et de ne plus avoir peur de rien et
de personne. Je passais mon temps à rôder autour
du Commissariat de la rue Deudon mais sans espoir,
je savais bien qu'à neuf ans c'est pas possible...

Émile Ajar (pseudonyme de Romain Gary)
La Vie devant soi

- « Avoir envie de crever », cela vous
arrive-t-il ? Et « avoir envie d'être fort(e) » ?
- Que faites-vous de ces « envies » ?

Dans l'album de famille il y a une photo que j'aime bien, c'est moi et papa.
Papa est allongé sur un divan, en train de lire ; moi, je suis assis à côté de lui. Je dois avoir un an, j'ai l'air heureux, il ne peut rien m'arriver de mal, je suis avec mon papa. [...]
Pourquoi le papa de maintenant il est vieux, il est triste, il nous parle plus, il est pas gentil avec maman et, quelquefois, il nous fait peur ?
Où il est passé, le papa de la photo ?

Jean-Louis Fournier
Il a jamais tué personne, mon papa

- Avez-vous une photo préférée de vous ?
À quel âge ?
- Avez-vous la malchance d'avoir un parent de ce genre ? Quelles solutions avez-vous trouvées pour le supporter ?

– Si vous voulez mon avis, il pose trop de questions,
dit monsieur Cramer. Je ne peux pas supporter
les élèves qui vous bombardent de questions.
Et c'était là que résidait le principal problème.
Il énervait tout le monde par ses questions subtiles
et inattendues.

Michael Morpurgo
L'Année des miracles

– Certaines questions embarrassent
les adultes. Les avez-vous repérées ?
– Est-il normal qu'un enseignant
se plaigne des questions d'un élève ?

19

[...] je n'étais jamais satisfait. J'étais dévoré de curiosité. Pourquoi les vaches mangent-elles de l'herbe ? Pourquoi la fumée sort-elle des cheminées ? Pourquoi un oiseau a-t-il des ailes et pas un veau ? Pourquoi y a-t-il des gens qui prennent le train et d'autres qui font la même route à pied ?

Ma mère secouait la tête : « Il me rendra folle ! »

Isaac Bashevis Singer
Un jour de plaisir

- Posez-vous ce genre de questions ?
Vous répond-on ?
- Pourquoi la mère menace-t-elle
de devenir folle ?

– Papa, dit-elle, tu crois que tu pourrais m'acheter un livre ?

– Un livre ? dit-il. Qu'est-ce que tu veux faire d'un livre, pétard de sort !

– Le lire, papa.

– Et la télé, ça ne te suffit pas ? Vingt dieux ! On a une belle télé avec un écran de 56, et toi tu réclames des bouquins ! Tu as tout de l'enfant gâtée, ma fille.

Roald Dahl
Matilda

- Vous aimez lire, vos parents n'aiment pas... Et alors ?
- Vous n'aimez pas lire, vos parents adorent... Et alors ?

21

C'est dimanche. Théo est assis, à table avec ses parents et il résiste à la tentation de disparaître au plus vite dans sa chambre.

Ce qu'il ne supporte pas surtout, c'est le bruit de la télévision qui marche du matin jusqu'au soir, même si personne ne la regarde. Mais si elle s'arrêtait, il sait qu'il n'y aurait rien sinon le silence, la torpeur du dimanche.

Brigitte Smadja
Billie

- Voyez-vous plus souvent vos parents devant la télé que devant un livre ?
- Quels bruits vous dérangent en famille ?

22

– Applique-toi, mon Tifernand ! Va moins vite ;
ta multiplication est bonne, ne va pas te tromper
en la recopiant, ou M. Anjou te fera encore du mal.
– Non, maman, explique Tifernand : il ne gifle
pas pour les devoirs ; il les regarde à peine. Il gifle
seulement si l'on se retourne, si l'on décroise
les bras, si l'on regarde la pendule, si l'on parle
à son voisin, si...
Mme Lamandin, qui n'a jamais battu ses enfants,
l'interrompt en soupirant :
– Eh bien, mon pauvre petit, il faut éviter de faire
ce qui est défendu.

Charles Vildrac
L'Île rose

- Surveille-t-on vos devoirs ? Qui le fait ?
Cela vous aide-t-il ?
- Gifles et autres châtiments corporels sont
interdits à l'école. Y a-t-il des punitions qui
vous semblent justes et justifiées ?

23

– Tes parents disent que tu mens tout le temps.
– Ben, je mens, je mens de temps en temps, quoi,
des fois je leur dirais des choses qui seraient
la vérité, ils me croiraient pas... Alors je préfère
dire des mensonges.

François Truffaut et Marcel Moussy
Les Quatre Cents Coups

- Est-ce que mentir peut parfois être utile,
nécessaire ? Dans quel(s) cas ? Est-ce
pareil pour les parents ?
- Si on ne vous croit pas, que ressentez-
vous ? Que faites-vous ?

À cette époque, je n'en étais pas encore au mensonge.
Je pouvais leur dire ce qui me passait par la tête, vider
mes chagrins. Je pouvais *tout* leur dire. Un grand
privilège. Rares sont les êtres à qui l'on peut tout dire.
Lorsqu'on n'a plus personne pour cela, alors on est
affreusement seul.

« Raconte, mon garçon. Nous t'écoutons. Nous
sommes là pour ça. »

Encore faut-il pouvoir...

Bruce Lowery
La Cicatrice

- Avez-vous quelqu'un à qui vous pouvez
tout dire ?

- Vous sentez-vous « affreusement seul (e) » ?
Comment y remédier ?

Nous avions connu le temps où maman pleurait
pour un rien, où elle avait peur de l'obscurité
et où l'orage la terrifiait à tel point qu'elle courait
se cacher dans le cabinet noir.
Tout changea le jour où mourut notre père.
Rien ne pouvait plus épouvanter maman désormais,
car elle comprenait que cette mort était la seule
chose qu'elle avait au fond toujours redoutée.

Frank et Ernestine Gilbreth
Six Filles à marier

- Avez-vous assisté aux larmes d'un
de vos parents ? C'est terrible, non ?
- Un parent seul a-t-il toujours de la force
pour deux ?

26

Je réalise tout d'un coup pourquoi maman
ne se soigne pas. C'est pour que nous puissions
continuer à étudier. L'école, ça coûte d'un seul coup
des dizaines de yans. D'où vient cet argent ? Il vient
du labeur et de la sueur de mes parents. Papa
et maman sont prêts à tout sacrifier pour que nous
allions à l'école. Je dois absolument bien travailler,
pour entrer à l'université plus tard. Alors, je trouverai
un bon travail, et papa et maman auront enfin
une vie heureuse.

Ma Yan et Pierre Haski
Le Journal de Ma Yan

- Pourquoi la réussite scolaire de leurs
enfants est-elle si importante pour certains
parents ?
- Est-il juste que l'école ne soit pas toujours
gratuite ou qu'elle pose un problème aux
enfants pauvres ?

27

[...] j'entrepris de dessiner des êtres humains
monstrueux et des animaux fantastiques. Mais
je me fatiguai vite et sortis sur le balcon regarder
la rue et les passants. J'étais le seul à être seul.
Les autres garçons couraient, jouaient, bavardaient
ensemble. « Je vais finir par devenir fou, me dis-je,
trop de choses me passent par la tête. Ne devrais-
je pas sauter du haut du balcon ? Ou cracher sur la
casquette du concierge ? »

Isaac Bashevis Singer
Un jour de plaisir

- Vous sentez-vous à part, différent(e),
exclu(e) ? Pourquoi ?
- Dans les « choses » qui vous passent
par la tête, laquelle vous semble être
la meilleure à faire ?

28

À table, M. Copernic nous a fait jouer à un nouveau
jeu, c'est : dire chacun les six choses qu'on déteste
le plus.

Riquet a dit :

1.– Les poireaux.

2.– Me laver les dents.

3.– Dire bonjour.

4.– Le calcul.

5.– Avoir un costume neuf.

6.– Le thermomètre.

[...] Estelle n'a rien voulu répondre. Papa s'est fâché,
elle a boudé [...].

Colette Vivier
La Maison des petits bonheurs

- Si ça vous dit, faites la liste de ce que vous
détestez le plus dans la vie. Est-elle longue ?
- Pourquoi Estelle refuse-t-elle de répondre ?
Pourquoi son père se fâche-t-il ? Pourquoi
fait-elle « du boudin » ? A-t-elle raison ?

Comme Papa estimait que les repas étaient une « perte de temps inévitable », il décida que l'heure du dîner deviendrait une heure instructive. Sa règle fondamentale fut que personne ne devait élever la voix, si ce n'était pour parler d'un sujet « d'intérêt général ». C'était lui qui décidait qu'un sujet était d'intérêt général ou non. Et comme il était persuadé que tout ce qu'il disait était intéressant, le reste de la famille avait bien du mal à placer un mot.

Frank et Ernestine Gilbreth
Treize à la douzaine

- Citez deux sujets « d'intérêt général ».
- Comment faites-vous pour « en placer une » à table ?

La nuit venue, Faustine réfléchit : finalement,
un cimetière, c'est triste parce qu'on ne voit plus
les gens qu'on aime. Ça, c'est vraiment abominable.
Mais avec le souvenir... Alors, on est comme une
fée ? On redonne un peu la vie quand même ?

Sandrine Pernusch
Faustine et le souvenir

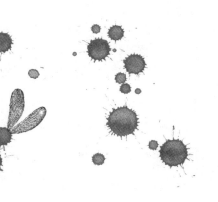

- La Toussaint est la fête chrétienne des
morts. D'après vous, d'où vient son nom ?
- Il y a d'autres fêtes des morts dans
le monde. En connaissez-vous certaines ?

- Rép. « Tous les saints ».

– Tu ne veux pas jouer avec moi ?
Papa fronce les sourcils.
– Dis-donc ! Je suis peut-être malade, mais je
ne suis pas en vacances, moi. Alors je t'en prie,
ma petite Delphine, ne me dérange pas.
Delphine rougit et sort de la chambre. Dans
la cuisine elle voit maman qui prend son café.
Elle s'assoit près d'elle.
– Ce qu'il est grognon, papa ! Il n'arrête pas
de rouspéter.

Nicolas de Hirsching
Treize Gouttes de magie

– Demandez-vous parfois à votre père
de jouer avec vous ?
– Vous envoie-t-il balader ? Vous
plaignez-vous ? L'excusez-vous ?

novembre

Novembre

1

Novembre, le Mois des Morts, la Toussaint,
le Jour des Morts ; les brumes errant sur les
champs comme les âmes tourmentées des
trépassés ; la rivière, rapide, courant au ras des
berges, constellée de feuilles jaunes, s'infiltrant
en mares fangeuses dans les prés du bord de l'eau ;
[...] Gaylord, botté de caoutchouc, pataugeait dans
toutes les flaques qu'il pouvait trouver.

Eric Malpass
L'Endroit rêvé pour un trésor caché

- L'auteur décrit novembre comme un mois
mouillé et triste. Êtes-vous d'accord ?
- N'y a-t-il pas de la joie à patauger ?

2

Ma principale occupation était de lancer du pain aux canards. Ces stupides animaux me connaissaient bien. Dès que je montrais un croûton, leur flottille venait vers moi, à force de palmes, et je commençais ma distribution.

Lorsque ma tante ne me regardait pas, tout en leur disant, d'une voix suave, des paroles de tendresse, je leur lançais aussi des pierres, avec la ferme intention d'en tuer un.

Marcel Pagnol
La Gloire de mon père

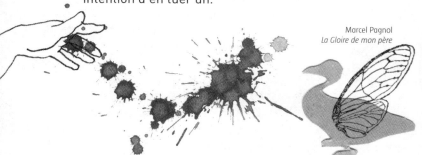

- Pourquoi peut-on avoir envie de faire du mal à un animal ?
- Pour en savoir davantage sur le sujet, attendez le 5 novembre...

73

Des riens me distrayaient. [...] Je restais très bien assis des heures entières sur une chaise ou caché sous un vieil établi de bijoutier qu'il y avait à la maison, sans rien dire et sans m'ennuyer, à ce point, même, que plusieurs fois, à cette époque, mon père s'en inquiéta jusqu'à aller chercher des enfants dans la rue pour tâcher de me faire jouer. Mon grand cheval de bois et quelques images me suffisaient comme jouets.

Paul Léautaud
Le Petit Ami

- Quels sont les « riens » qui vous distraient ?
- Obliger quelqu'un à jouer, est-ce une bonne idée ?

74

4

« Cet enfant ne sait pas quoi inventer pour nous faire enrager », disaient les parents. Mais ce n'était pas vrai, car il savait très bien quoi inventer. Il inventait toute la journée [...].

Claude Roy
La Maison qui s'envole

- Inventer, c'est très important. Pourquoi cela énerve-t-il les parents ?
- Il y a de bonnes et de mauvaises inventions, des drôles et des dangereuses. Êtes-vous doué(e) pour inventer ? Quelles inventions faites-vous ?

75

5

Qu'est-ce qu'elle pourrait bien encore inventer ?
Elle a déjà (Marie) coupé l'aile d'une mouche,
tcharrf d'un coup de ciseaux, écrasé trente-quatre
fourmis, accroché cinq vers de terre aux branches
du groseillier, empalé une chenille velue sur
un piquant d'aubépine.

Annie Saumont
« Marie », *Moi les enfants j'aime pas tellement*

- Tout enfant a un jour été cruel avec
un animal. Et vous ?
- Dans Poil de carotte, de Jules Renard,
il y a une scène sanglante à propos d'une
taupe. Cela peut vous aider à comprendre.
La lirez-vous ?

Nous avancions, encombrés de nos cartables.
Près des autotamponneuses, un haut-parleur
distillait : « Bleu, le ciel de Proven-en-ce, blanc
blanc le goéland... » de Marcel Amont. Sans un sou,
nous nous contentions de regarder, fous d'envie,
ces jeunes gens rusés qui, d'une main habile,
conduisaient leur machine et, de l'autre, tripotaient
leur voisine.

Daniel Auteuil
Il a fait l'idiot à la chapelle !

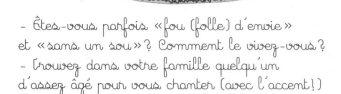

- Êtes-vous parfois « fou (folle) d'envie »
et « sans un sou » ? Comment le vivez-vous ?
- Trouvez dans votre famille quelqu'un
d'assez âgé pour vous chanter (avec l'accent !)
cette chanson de Marcel Amont.

Nous étions, Fontanet et moi, voisins et amis.
En allant ensemble, les jours de congé, jouer aux
Tuileries, nous passions par ce docte quai Voltaire,
et, là, cheminant, un cerceau à la main et une balle
dans la poche, nous regardions aux boutiques tout
comme les vieux messieurs [...].

Anatole France
Le Livre de mon ami

- Qu'aimez-vous faire avec votre
meilleur(e) ami(e) ?
- Qu'est-ce qui montre que la scène
se passe dans l'ancien temps ?

Impossible de calmer notre fou rire. Il était comme un incendie. Et chacune de nos bêtises nous excitait davantage...

Hubert Ben Kemoun
Rapporteur !

- Souvenez-vous d'un énorme fou rire.
- Souvenez-vous d'une énorme bêtise.

79

9

Les maisons modernes manquent de couloirs
pour les enfants, courir ou jouer, pour les chiens,
les manteaux, les cartables, et puis n'oublions pas :
les couloirs c'est l'endroit où roulent ces petits
enfants quand ils sont exténués, c'est là où ils
s'endorment, où on va les ramasser pour les mettre
au lit, c'est là qu'ils vont quand ils ont quatre ans
et qu'ils en ont marre des grands...

Marguerite Duras
La Vie matérielle

- À quoi les couloirs vous servent-ils ?
- Quand vous en avez marre,
où préférez-vous vous réfugier ?

– Ne te mets pas les doigts dans le nez, espèce d'Indien ! dit la mère.

Elle dit toujours ça quand il se fourre le doigt dans le nez. À chaque fois, Ben pense qu'il n'a encore jamais lu d'histoire dans laquelle un Indien se mettait les doigts dans le nez. Sa maman a une idée plutôt bizarre des Indiens. Quand il rêvasse, il rêvasse souvent du nez.

Peter Härtling
Ben est amoureux d'Anna

– Rêvassez-vous aussi « du nez » ?
Quel plaisir y trouvez-vous ?
– Comprenez-vous les adultes
qui l'interdisent ?

Je suis dans ma chambre, à ma petite table
devant la fenêtre. Je trace des mots avec ma plume
trempée dans l'encre rouge... je vois bien qu'ils
ne sont pas pareils aux vrais mots des livres...
ils sont comme déformés, comme un peu infirmes...
En voici un tout vacillant, mal assuré, je dois
le placer... ici peut-être... non, là... mais je me
demande... j'ai dû me tromper... [...]

Nathalie Sarraute
Enfance

- Avez-vous essayé d'écrire à la plume ?
au porte-plume ? au stylo plume ?
- En général, trouvez-vous votre écriture
« déformée », « infirme », « vacillante » ?
Comment la soignez-vous ?

12

Traverser la chambre en courant et sauter dans
le lit avant que le monstre qui vit dessous n'ait
le temps de vous attraper. Demeurer quelques
instants sous les couvertures, sans rien faire,
les yeux grands ouverts. Se curer le nez. Se plonger
dans l'examen de ses crottes de nez avant de les
coller sous la table de nuit. Puis en se penchant
à demi hors du lit, aller dénicher la bande dessinée
d'horreur qu'on a cachée dans un tiroir de la table
de nuit.

Delia Ephron
Comment faire l'enfant – 17 leçons pour ne pas grandir

– À part les BD et des crottes de nez,
que cachez-vous dans votre table de nuit ?
(On ne le répétera pas, juré !)
– Que faites-vous pour apprivoiser vos
monstres et vos peurs ? Est-ce que
ça marche ?

– [...] si je fais pipi tout de suite, je ferai peu, et mes draps auront le temps de sécher à la chaleur de mon corps. Je suis sûr, par expérience, que maman n'y verra goutte.

Poil de carotte se soulage, referme ses yeux en toute sécurité et commence un bon somme.

Jules Renard
Poil de carotte

- Rép. le 7 septembre.

- Vous endormir dans votre pipi...
Est-ce ce que vous auriez fait ?
- Vous avez déjà lu une séquence « pipi au lit ». Quel mois était-ce ? Quel jour ?

14

Quand ma respiration a suffisamment réchauffé l'intérieur de mes draps, je déboutonne mon pyjama. La veste d'abord en commençant par le haut, puis le pantalon que je fais glisser jusqu'aux genoux. Je reste un moment comme ça, sans rien faire. Après je me caresse. Ma peau est surtout sensible du côté de l'aine et de la hanche. Effleurer c'est un mot que j'aime, c'est ce que je fais. Je m'effleure du bout des doigts.

Chris Donner
Trois Minutes de soleil en plus

- Explorer son corps, est-ce agréable ?
- Lisez ce texte tout haut : entendez-vous tous les mots qui font doux ?

85

15

Ce matin je suis drôlement pas content.
J'ai raté mon dessin animé, et maman m'a pas fait
mes tartines.
– Pas le temps, pas le temps, mon réveil a pas
sonné ! Dépêche-toi, Nicolas, on va être en retard.
Qu'est-ce qu'elle va dire, hein, ta maîtresse ?
M'en fiche. Je veux mes tartines.

Marie-Sabine Roger
Les Tartines au kétcheupe

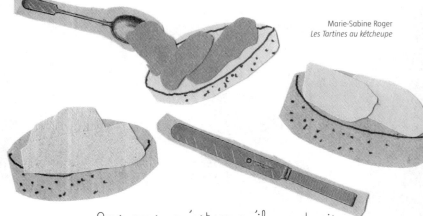

– Pour vous, qu'est-ce qu'il y a de pire
le matin ?
– Avez-vous vécu le pire des pires matins ?

86

16

Grand-père déclara un soir, au dîner, que mon
éducation ne serait jamais complète si je ne jouais
pas d'un instrument de musique. Le lendemain,
il rentra à la maison avec un superbe violon.
Il fit venir un professeur particulier et assista à tous
les cours. [...] Lorsque mon professeur lui expliqua
qu'il valait mieux abandonner parce que j'avais
aucun talent, il le congédia en hurlant qu'il ne
connaissait rien à la virtuosité.
Opiniâtre, il vendit le violon et le remplaça par
un piano.

Yoël Hassan
Un grand-père tombé du ciel

- Apprenez-vous à jouer d'un instrument ?
Qui l'a décidé ? Qui l'a choisi ?
- Êtes-vous doué(e) ? Feuilleton à suivre au
printemps... À vous de trouver à quel mois !
(Indice : ce mois rime avec « fais ce qu'il
te plaît », ça tombe bien !)

– Ta sonatine.
L'enfant joua. Il reprit la sonatine au même rythme
que précédemment et, la fin de la leçon approchant,
il la nuança comme on le désirait, moderato
cantabile.

Marguerite Duras
Moderato cantabile

- Rép. « Modéré et chantant », en italien.

- Devinez-vous de quel instrument il s'agit ?
- Que signifie « moderato cantabile » ?
En quelle langue ?
(Indice : même origine que « pizza ».)

88

[...] je fus solennellement conduit chez un homme fatigué, aux vêtements noirs et aux longs cheveux, que ma mère appelait « maestro », dans un murmure respectueux. Je m'y rendis ensuite seul, courageusement, deux fois par semaine, avec le violon dans une boîte ocre, tapissée à l'intérieur de velours violet. Je n'ai gardé du « maestro » que le souvenir d'un homme profondément étonné chaque fois que je saisissais mon archet, et le cri « Aïe ! Aïe ! Aïe ! » qu'il poussait alors, en portant les deux mains à ses oreilles, est encore présent à mon esprit.

Romain Gary
La Promesse de l'aube

- Rép. « Maître » ou « chef d'orchestre », en italien.

- Que signifie « maestro » ? En quelle langue ? (Indice : même origine que « spaghetti ».)
- Dans la vie, qu'est-ce qui vous demande du courage ?

19

– Mesdemoiselles, je pense que vous ne vous faites pas d'illusions sur votre nullité en musique, toutes, sauf mademoiselle Claudine qui joue du piano et déchiffre couramment ; je vous ferais bien donner des leçons par elle, mais vous êtes trop indisciplinées pour obéir à une de vos compagnes. À partir de demain, vous viendrez le dimanche et le jeudi à neuf heures, vous exercer au solfège et au déchiffrage […].

Colette
Claudine à l'école

- Avez-vous déjà été traité(e) de nul(le) en classe ? Est-ce bien de donner un autre élève en exemple ?
- Pourquoi le jeudi ? Demandez à vos grands-parents !
(Indice : le mercredi de congé scolaire date de 1972.)

– Trois sur vingt en anglais !
La mère de Kamo jetait le carnet de notes sur
la toile cirée.
– Tu es content de toi ?
Elle le jetait parfois si violemment que Kamo faisait
un bond pour éviter le café renversé.
– Mais j'ai eu dix-huit en histoire !
Elle épongeait le café d'un geste circulaire et
une seconde tasse fumait aussitôt sous le nez de
son fils.
– Tu pourrais bien avoir vingt-cinq sur vingt
en histoire, ça ne me ferait pas avaler ton trois
en anglais !

Daniel Pennac
Kamo, l'Agence Babel

– Pourquoi est-ce souvent à table que
les parents parlent de l'école ?
– Quel est votre pire souvenir de
mauvaise note ?

21

Après ça, ma mère a voulu vérifier mes cahiers,
page après page, avec son regard laser, et il a fallu
que je m'attaque à douze millions d'équations sans
aucun intérêt.

Patrick Delperdange
La Beauté Louise

- Votre mère est-elle équipée d'un « regard
laser » ? Est-ce difficile à supporter ?
- Savez-vous pourquoi, pour certains parents,
il y a des bonnes notes qui ne comptent pas
et pour qui l'important, c'est les maths ?

22

– Ce que nous aimerions savoir, lui a dit
le psychologue, c'est pourquoi quelqu'un
comme toi, qui est loin d'être idiot, a d'aussi
mauvais résultats.

Walter Dean Myers
Compte à rebours

– Les parents ont emmené leur enfant
chez un psychologue. Pourquoi ?
– On peut être intelligent et avoir de
mauvaises notes. Le psychologue doit bien
le savoir, non ? Imaginez la réponse de
l'enfant.

23

Alors, pour la première fois de sa jeune vie
une pensée vint à Maximilian : on pouvait être
entouré de tendresse, de sécurité, de confort,
et se sentir pourtant seul au monde.

Morley Torgov
Max Glick

- Vous êtes-vous déjà senti(e) seul(e)
au monde ? Qu'avez-vous fait ?
- Est-ce que cela vous a fait du bien ?
Ferez-vous autrement s'il y a une
prochaine fois ?

24

Seul le mercredi matin peut parfois être pire
que le dimanche. Ce sont des journées taillées
trop large. Les heures font des plis, le temps
flotte aux emmanchures, la matinée s'étire,
les écoliers bâillent.

Jean-Noël Blanc
Fil de fer, la vie

- Vivez-vous aussi des heures qui «font
des plis»? Comment les supportez-vous?
- À part bâiller, que trouvez-vous à faire?

Le pouce entre dans ma bouche, il se colle
à mon palais, et moi je colle un doigt sur mon nez,
quelquefois j'en colle deux, le majeur et l'index.
Au chaud dans mes odeurs, je remonte le drap
sur mes cheveux. Le pouce ne fait pas de bruit.
Parfois je le taquine et le mordille. Pas trop, ma
grand-mère reconnaîtrait l'empreinte de mes dents
sur sa peau tendre. Je ne prends mon pouce que
le soir, je ne le prends que dans le noir.

Gisèle Bienne
La Petite Maîtresse

- Le pouce est un doudou qu'on ne peut
pas perdre. Gardez-vous le vôtre au chaud ?
- Est-ce qu'on vous embête à ce propos ?
Pour quelle raison ?

26

Sur la bruyère longue infiniment,
Voici le vent cornant Novembre,
Sur la bruyère, infiniment,
Voici le vent
Qui se déchire et se démembre,
En souffles lourds, battant les bourgs,
Voici le vent,
Le vent sauvage de Novembre.

Émile Verhaeren
« Le Vent », *Les Villages illusoires*

- Connaissez-vous des poèmes
et des chansons sur le vent ?
En feriez-vous un recueil illustré ?
- Saurez-vous trouver, plus loin, le poème
en forme d'averse qui pleut, au mois de... ?
(Indice : le nom de l'auteur prononcé
par un « enrhubé » est « Que d'eau » !)

- Rép. « Il pleut » de Raymond Queneau, le 12 mai.

– Comment t'appelles-tu ?

– Ismaël.

– Tu es juif ?

– Oui.

– Où as-tu appris tes chansons ?

– Nulle part... Je les invente.

– Qui t'a enseigné à traduire ainsi ce que tu penses et ce que tu sens ?

– Personne... Toutes ces choses que je dis chantent en moi.

Irène Némirovsky
Un enfant prodige

- Quelle est votre chanson préférée ?
Et votre chanteur ou chanteuse préféré(e) ?
- Sauriez-vous exprimer en chanson ce que vous pensez et sentez ?

J'écoute la musique à fond et en boucle ça agace
les nerfs de ma belle-mère ma belle-mère n'aime
pas la musique ou elle n'aime pas la musique
que j'aime ou elle n'aime pas la musique comme
je l'aime parce que quand on aime la musique que
j'aime comme je l'aime on n'a pas le choix on est
obligé de l'écouter à fond et en boucle.

Corinne Lovera Vitali
Lise.

MUSIQUE

- Mettez-vous exprès la musique à fond ?
A-t-on le droit de « polluer » ainsi l'espace
sonore des autres ?
- Le thème de la belle-mère se retrouve dans
de nombreux contes et romans. Combien
d'exemples pouvez-vous citer ? Quel mot ancien
connaissez-vous pour dire « belle-mère » ?

rép. « Marâtre ».

29

Dans la maison somnolente, Charlie s'arracha du lit avec, brrr, des centaines de frissons dans le dos. Si l'automne avait oublié d'apparaître en septembre, il doublait les bouchées pour rattraper son retard, le fourbe ! Vite, elle enfila son plus-vieux-plus-gros-pull par-dessus son pyjama, puis ses pantoufles, et descendit à la cuisine.
Brrr. Et re-brrr. Malgré les efforts du plus-vieux-plus-gros-pull, elle grelottait.

Malika Ferdjoukh
Quatre Sœurs, tome I : *Enid*

Brrr

Brrr

- Trouvez d'autres onomatopées. Sauf celle du 12 octobre, qui ne compte pas !
- Avez-vous un vêtement-doudou pour traîner à la maison ?

30

Le poulet en plastique commence à chanter.
Ce bruit électronique me tue !
Ce n'est pas la même chose pendant les vacances
à la ferme, avec mon ami Zé. Là-bas on se réveillait
au son des vrais coqs. Ça donnait envie de se lever
tout de suite. Mais aujourd'hui ce ne sont pas
les vacances, c'est même la semaine des contrôles.
Maman m'a offert ce gallinacé artificiel quand
je suis revenu de la ferme. La pauvre ! Elle croyait
que ça m'aiderait à me réveiller.
Le cocorico paraguayen insiste.
– Ferme-la, espèce de poulet à piles !

Rosa Amanda Strausz
Un garçon comme moi

– Dans ce texte, il y a quatre mots
pour désigner l'animal-réveil. Lesquels ?
– Combien de cris d'animaux savez-vous
imiter ? Prêts ? partez !

ktery pr...
vní bráně.
víraje si klíč...
myšlenky. Až
...geval nabude z...
...tráviti se svou ž...
...kroků vestibule...
...milo ostré světlo.
...mpu a držíc vel...
...orná. Hrozné tuš
...neklamal se. Z
...na! Paní d'Org
..., vyzývavá
...žila se n...
...– hrab...
...orná se

m B r E

...el

...nej

...enr...k za...la

...,« do...la hra
...Smrt...e nech...
...n slov... pokro
...se...u chtě...vrhnou
...ův...zara...: ...vtu...
...b...nyní
...ná – ...cizinka? ...eb...

1

Muriel a besoin d'intimité ! Elle reste enfermée dans sa chambre toute la journée à lire des livres – pas des romans – et des magazines, et à écrire son journal intime. Tout le temps. Maman et Papa disent qu'elle deviendra probablement écrivain. Moi, je sais que ce n'est pas vrai. Je le lis, son journal. Ou, du moins, je le lisais, il n'y a pas encore longtemps. Muriel n'a pas d'imagination.

Charlotte Herman
Le Fauteuil de Grand-Mère

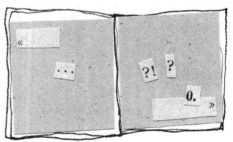

- Tout le monde a besoin d'intimité. En avez-vous suffisamment ?
- Si vous aviez un journal intime, ou si vous en avez un, aimeriez-vous qu'on le lise en douce ?

2

– Tous les mardis, j'allais à la bibliothèque municipale. Un après-midi, j'ai emprunté tant de livres qu'au moment où je suis arrivée chez moi ma mère a ouvert la porte et je me suis effondrée par terre. Je me rappelle l'éclat de rire de ma mère. Elle a dit que j'étais impossible.

Paula Fox
Portrait d'Ivan

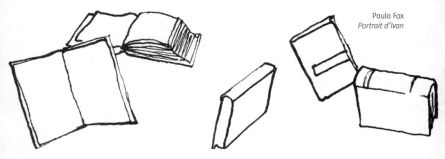

- Allez-vous à la bibliothèque municipale ? Un peu ? beaucoup ? passionnément ?
- Devenez vous aussi un « impossible » lecteur, une « impossible » lectrice ! N'ayez pas peur, c'est vous qui dévorerez les livres, pas eux qui vous dévoreront.

Il y avait un endroit où j'oubliais le froid, où j'oubliais vraiment la Sibérie, c'était une petite cabane en rondins, tenue d'une façon impeccable, avec amour ; elle était bien éclairée par des lampes à pétrole et il faisait chaud. Mais surtout, elle contenait une petite mais ahurissante collection de la meilleure littérature du monde, vraiment ahurissante si l'on considérait l'époque, l'endroit et la taille. Du plancher au plafond, les livres s'alignaient, des livres, des livres, des livres.

Esther Hautzig
La Steppe infinie

- Quel est votre lieu préféré hors de la maison ?
- Savez-vous qu'on se sent protégé par un mur de livres ?

4

Un jeudi soir, j'ai oublié mes lunettes au cours de
danse et, comme papa avait du travail, je suis allée
toute seule rue de Maubeuge pour les rechercher.
J'ai frappé à la porte mais personne ne répondait.
J'ai sonné chez la concierge, et elle m'a donné
un double de la clé du studio. Quand je suis entrée,
j'ai appuyé sur l'interrupteur. Une lumière de
veilleuse qui venait de la lampe, sur le piano,
laissait des zones de pénombre. Cela m'a fait drôle
de voir le grand studio désert, et le piano, tout
au fond, avec son tabouret vide. Mes lunettes étaient
posées sur la banquette. À travers la baie vitrée,
montait une lumière blanche, celle des quais de
la gare du Nord.
Alors j'ai décidé de danser toute seule.

Patrick Modiano
Catherine Certitude

- Quel est votre pire oubli ?
- Avez-vous déjà dansé seul(e) dans
un endroit désert ?

5

Dans la vie, on n'a pas le droit de s'ennuyer.
Moi, je sais m'occuper, en me peignant avec
une fourchette par exemple, en faisant semblant
d'avoir le bras cassé ou en me collant un morceau
de sparadrap sur le bout du nez.
On peut se faire de magnifiques oreilles avec une
paire de pantoufles.
Et moi, je ne déteste pas me faire de belles oreilles
pour aller déjeuner.

Kay Thompson
Éloise

- Pourquoi serait-il interdit ou grave
de s'ennuyer ?
- Et s'il y avait du bon dans l'ennui ?
Quoi, à votre avis ?

6

Je suis pas quelqu'un d'extraordinaire. [...] Et je sais pas faire grand-chose. Enfin si, je sais faire quelques trucs, mais rien de rare quoi : faire craquer les os de mes doigts de pied, faire couler un filet de salive de ma bouche et le remonter, faire l'accent italien devant le miroir de la salle de bains le matin... Ouais, je me débrouille pas trop mal quand même.

Faïza Guène
Kiffe kiffe demain

- Êtes-vous extraordinaire ? Pourquoi ?
Sinon, comment le devenir ?
- Faites la liste de vos « trucs » à vous.

Décembre

7

J'aime bien rester à la maison avec papa et maman,
le dimanche, quand il pleut, sauf si je n'ai rien
à faire d'amusant ; alors, je m'ennuie, je suis
insupportable et ça fait des tas d'histoires.

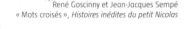

René Goscinny et Jean-Jacques Sempé
« Mots croisés », *Histoires inédites du petit Nicolas*

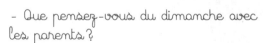

- Que pensez-vous du dimanche avec
les parents ?
- Qui fait des « tas d'histoires » à cause
de l'ennui ? Une solution a été proposée
début septembre, laquelle ?
(Indice : ce n'est pas la fin des haricots !)

110

Ken arriva en retard au petit déjeuner. En entrant, il regarda d'abord son père pour voir s'il avait lu les bulletins du collège. Puis il dit : « Bonjour, Mère ; bonjour, Dad », et s'assit sur la seule chaise inoccupée – une chaise au dossier à barreaux peinte en vert et au siège fait de lanières de cuir brut tressées. Son cœur battait fortement, parce que son père avait l'air furieux et Howard l'air content. Howard avait toujours de bonnes notes. Les deux garçons se dévisagèrent par-dessus la table.

Mary O'Hara
Mon Amie Flicka

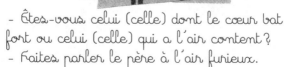

- Êtes-vous celui (celle) dont le cœur bat fort ou celui (celle) qui a l'air content ?
- Faites parler le père à l'air furieux.

111

9

Moi je me disais que ça arriverait jamais les fêtes
de Noël, j'en pouvais plus. J'avais trop étudié,
même si ça allait pas très bien à l'école, et j'en
pouvais plus que l'école finissait et que les fêtes
de Noël commençaient.
À Noël c'était très beau, la chose la plus belle
du monde, je voudrais que ça finisse jamais Noël,
tellement que c'est beau.

Marcello D'Orta
J'espérons que je m'en sortira

- Êtes-vous impatient(e) avant une fête ?
- Noël, c'est très beau... Êtes-vous d'accord ?
Pourquoi ?

Décembre

10

[...] ce mercredi-là, [ma mère] avait décidé d'aller acheter une tonne de cadeaux, parce que Noël approchait. Ma sœur Fanny faisait des bonds de grenouille électrique rien qu'à l'idée de passer la matinée dans ces satanés magasins. Moi, je devenais fou là-dedans. En sortant, j'avais l'impression d'avoir la tête pleine d'étincelles et de vacarme, comme si j'avais passé la journée enfermé dans une machine à laver en position essorage.

Patrick Delperdange
La Beauté Louise

- Aimez-vous les grands magasins au moment des fêtes ? Dans quel roman célèbre une petite fille admire-t-elle une poupée dans une vitrine ? Réponse au 27 décembre...
- Et si vous dessiniez une grenouille électrique sur une machine à laver, en train d'essorer le héros ?

– Ce que j'aime Noël ! s'exclama-t-elle. C'est ma fête préférée, depuis toujours. À cinq ans, j'ai failli attraper une pneumonie : on avait réveillonné à la campagne et je m'étais débrouillée pour passer une partie de la nuit dehors, je voulais voir le père Noël arriver sur son traîneau. L'année suivante, quand j'ai su que le père Noël n'existait pas, j'ai fait une grève de la faim pendant un mois. Ma mère m'a traînée chez tous les psychologues de la ville !

Sarah Cohen-Scali
Ombres noires pour Noël rouge

– Quel est votre meilleur souvenir de Noël ? Votre pire souvenir ?
– Comment avez-vous digéré « le coup du Père Noël » ? À quel âge ?

114

12

Chez beaucoup de gens, ce sont les parents qui préparent l'arbre le soir de Noël pour en faire la surprise à leurs enfants le lendemain matin. Papa et maman estimaient que c'était là prendre les choses à l'envers, et ils ne s'étaient jamais conformés à l'usage. [...] Aussi était-ce nous qui, dans notre famille, préparions l'arbre de Noël afin d'en faire la surprise à nos parents.

Frank et Ernestine Gilbreth
Six Filles à marier

– Si vos parents croient au Père Noël, pourquoi ne pas leur faire des surprises ?
– Préférez-vous préparer la fête en famille ou dans votre coin ?

13

– Sans cadeaux, Noël ne sera pas Noël, grommela Jo, couchée sur le tapis.

– C'est tellement affreux d'être pauvre ! soupira Meg en regardant sa vieille robe.

– Il y a des filles qui ont des tas de jolies choses, et d'autres qui n'ont rien du tout. Je trouve ça injuste, renchérit Amy, la benjamine.

Louisa May Alcott
Les Quatre Filles du docteur March

– Vivez-vous dans la pauvreté ?
Que fait-on pour vous ?
– Connaissez-vous des pauvres ?
Que faites-vous pour eux ?

Ma tante m'a offert des chaussettes bleu pétrole,
toutes neuves. Il y avait encore le papier dessus.
Elles vont exactement avec mon chemisier.
Pour Noël, mes parents vont m'acheter de jolis
draps vert et bleu et des chaussures montantes.
Vive Noël !

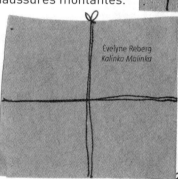

Évelyne Reberg
Kalinka Malinka

- Est-ce le genre de cadeaux dont vous
rêvez ? Pourquoi ? À quel autre cadeau
rêvez-vous ?
- C'est difficile de vivre une déception,
qu'il s'agisse de cadeaux ou d'autres choses.
Quel remède avez-vous pour le supporter ?

15

– Prenez vos cahiers. En titre : *Composition française* [...].

Toujours des sujets pareils ou pires ! Oui, pires, car nous voici à la veille du Jour de l'an, presque, et nous n'échapperons pas à l'inévitable petit morceau de style sur les étrennes, coutume vénérable, joie des enfants, attendrissement des parents, bonbons, joujoux (avec un *x* au pluriel, comme bijou, caillou, chou, genou, hibou et pou) – sans oublier la note touchante sur les petits pauvres qui ne reçoivent pas d'étrennes et qu'il faut soulager en ce jour de fête, pour qu'ils aient leur part de joie ! – Horreur, horreur !

Colette
Claudine à l'école

– Est-ce une « horreur » pour vous aussi un tel sujet ?

– Feriez-vous une comptine avec ces mots en « ou », pour tous les loulous qui en oublient un bout ?

À l'école, le cauchemar continue, l'esprit de Noël a
déteint aussi sur la maîtresse ! Pendant la matinée,
on a fait un problème idiot : calculer le nombre
d'aiguilles d'un sapin.

Maïa Brami
Ne me parlez plus de Noël !

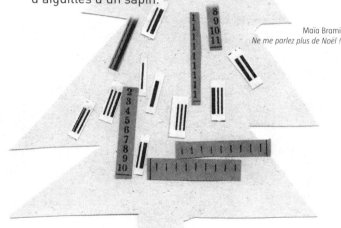

- Inventez d'autres problèmes idiots, ça
vous évitera d'avoir les boules en classe !
- Si votre maîtresse croit encore au Père
Noël, chut ! laissez-la y croire !

17

– Noël, chez toi, c'est juste un soir. Chez moi,
j'en prends pour vingt-huit soirs d'affilée.
Un ramadan, c'est vingt-huit gros repas du soir,
sans compter les vingt-huit gros repas du matin.
Et l'aïd par-dessus.

Marie Desplechin
Jamais contente, Le Journal d'Aurore

– Hép. Hamoukha.

– Noël est une fête chrétienne, l'Aïd al-Fitr
est une fête musulmane. Connaissez-vous
la fête juive où l'on offre des cadeaux ?
– Combien connaissez-vous de fêtes
d'autres religions ?

Décembre

18

– Et toi, qu'est-ce que tu aimes le mieux :
une trompette ou un pistolet ?
En vérité, Poil de carotte est plutôt prudent que
téméraire. Il préférerait une trompette, parce que
ça ne part pas dans les mains, mais il a toujours
entendu dire qu'un garçon de sa taille ne peut jouer
sérieusement qu'avec des armes, des sabres,
des engins de guerre. L'âge lui est venu de renifler
de la poudre et d'exterminer des choses.

Jules Renard
Poil de carotte

- Pourquoi la plupart des garçons aiment-ils
jouer avec des armes ?
- Pourquoi Poil de carotte s'y sent-il obligé ?

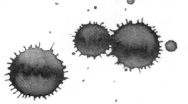

J'étais très fier d'être un garçon ; je méprisais les petites filles [...]. Et pourtant j'eus envie d'une poupée.

....

– Mon oncle, dis-je avec effort, voulez-vous m'acheter cette poupée ?
Et j'attendis.
– Acheter une poupée à un garçon, sacrebleu ! s'écria mon oncle d'une voix de tonnerre. Tu veux donc te déshonorer ! [...] Si tu me demandais un sabre, un fusil, je te les payerais, mon garçon, sur le dernier écu blanc de ma pension de retraite. Mais te payer une poupée, mille tonnerres ! pour te déshonorer ! Jamais de la vie !

Anatole France
Le Crime de Sylvestre Bonnard

– Une envie de poupée pour un garçon, est-ce honteux ? Si vous êtes un garçon, cela vous est-il arrivé ? Et alors ?
– Pourquoi cette séparation fille/garçon dans les magasins et certains livres ? Tous les jeux et jouets ne sont-ils pas bons pour tous ?

122

Donc ce jour-là, comme je m'ennuyais, j'ai regardé par la fenêtre. De gros nuages noirs couraient sur le ciel et je me suis sentie triste, alors je me suis amusée à écrire une poésie sur mon ennui. La voici :

« Dans ma classe je m'ennuie
Et Antoinette n'est pas là
Le ciel est couleur de suie
Je m'ennuie dans cette classe-là. »

Hélène Ray
Juliette a-t-elle un grand Cui ?

- Que faites-vous quand vous vous ennuyez en classe ?
- Écririez-vous, vous aussi, une poésie qui rime en « i » sur votre ennui ?

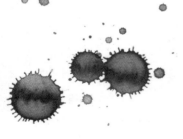

Décembre

21

Elle m'a dit qu'elle s'ennuierait pendant les vacances de Noël. Alors j'ai répondu : « Moi aussi, mais si tu veux, on pourrait se voir, aller au cinéma par exemple. » Elle a dit d'accord. Elle m'a donné son numéro de téléphone. J'ai fait semblant de ne pas le connaître, je l'ai noté dans mon agenda. Je n'ai pas attendu d'être chez moi pour crier. J'ai fait ça dans la rue.

François Gravel
Deux Heures et demie avant Jasmine

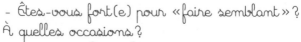

- Êtes-vous fort(e) pour « faire semblant » ?
À quelles occasions ?
- Avez-vous la « téléphonite aiguë » ?

124

Aujourd'hui, pas moyen d'échapper à l'ambiance
de fête.

Dans la rue, des guirlandes lumineuses déguisent
les arbres nus, les vitrines des magasins croulent
sous les accessoires kitch, sapins en plastique
et Pères Noël animés grandeur nature. [...]
Dire que l'année dernière encore, c'était ma
période préférée, celles des retrouvailles familiales :
mes grands-parents qui montent de Marseille,
les veillées avec mes cousins à faire les fous...

Maïa Brami
Ne me parlez plus de Noël !

- Rép. De mauvais goût, ringard.

- Connaissez-vous le mot « kitch » ?
Par quoi peut-on le remplacer ?
- Avez-vous déjà fait la queue devant
les vitrines animées de Noël ?

23

[...] si j'étais un garçon, ce serait peut-être différent... Ce serait même sûrement différent. Déjà, mon père serait encore là. Il ne serait pas reparti au Maroc. Ensuite à Noël 1994, j'aurais sûrement eu les rollers alignés Fisher Price et par la même occasion une réponse à la lettre que j'avais envoyée au Père Noël. Ouais, tout se serait mieux passé si j'avais été un mec.

Faïza Guène
Kiffe kiffe demain

- Si vous êtes une fille, auriez-vous préféré être « un mec » ?
- Si vous êtes « un mec », auriez-vous préféré être une fille ?

24

Rien ne peut surpasser le bonheur de se trouver là, avec dans les mains un livre plaisant reçu en cadeau de Noël, un livre que l'on n'avait jamais vu auparavant et que personne d'autre dans cette maison ne connaît non plus, et de savoir que l'on pourra en lire les pages l'une après l'autre, pour autant que l'on sache rester éveillé. Mais que faire durant la nuit de Noël si l'on n'a pas reçu de livre ?

Selma Lagerlöf
Le Livre de Noël

- Recevoir un livre en cadeau, est-ce pour vous ce qu'il y a de plus beau ?
- Qui vous a offert celui-ci ? Avez-vous aimé ou râlé ?

25

Le 25 décembre, d'une année du deuxième millénaire

Me voilà enfin devant toi, mon ami, mon confident,
tant attendu, tant rêvé, tant mérité aussi ! Que
de compromis et concessions de toutes sortes
m'auront été imposés pour enfin en arriver là,
à ce tendre tête-à-tête dont j'entends, tu penses
bien, apprécier chaque seconde.
Mais faisons connaissance, toi et moi. On ne se confie
pas ainsi, au premier venu.

Yaël Hassan
Un jour un jules m'@imera

– Préféreriez-vous tenir un journal intime
ou un blog ?
– Quel est le prénom de la confidente
imaginaire à laquelle s'adresse Anne Frank
dans son célèbre journal ?
(Pas d'indice, ce livre est dans toutes
les bibliothèques !)

Décembre

26

Il y avait eu, oh! tant et tant de Noëls, depuis : Noëls doux, Noëls mouillés, Noëls gelés, Noëls neigeux. Mais tous heureux.

Eric Malpass
L'Endroit rêvé pour un trésor caché

- Avez-vous connu d'autres sortes de Noëls ?
- Avez-vous connu des Noëls malheureux ?

27

Cosette leva les yeux, elle avait vu venir l'homme
à elle avec cette poupée comme elle eût vu venir
le soleil, elle entendit ces paroles inouïes : *c'est
pour toi*, elle le regarda, elle regarda la poupée,
puis elle recula lentement, et s'alla cacher tout
au fond sous la table dans le coin du mur.
Elle ne pleurait plus, elle ne criait plus, elle avait
l'air de ne plus oser respirer.

Victor Hugo
Les Misérables, tome II : *Cosette*

- Quelle a été la plus belle surprise de
votre vie ?
- Savez-vous mieux donner ou recevoir ?

28

[...] l'arrivée de mamie pour les vacances de Noël a été une catastrophe. Il a fallu que je lui invente une vie dans laquelle j'étais un bon élève, dînant tous les soirs avec sa maman chérie, après avoir fait scrupuleusement ses devoirs. En bref, un truc qui n'existe pas ou alors dans les sitcoms de TF1.

Sylvaine Jaoui
Spinoza et moi

- Mentez-vous à votre grand-mère ? Y a-t-il de bonnes raisons de mentir ?
- Si vous n'êtes pas un héros ou une héroïne de télé, constatez-vous « un truc qui n'existe pas » dans votre vie ?

29

Mon père a un couteau à la main et taille un morceau de sapin ; les copeaux tombent jaunes et soyeux comme des brins de rubans. Il me fait un chariot avec des languettes de bois frais. Les roues sont déjà taillées ; ce sont des ronds de pommes de terre avec leur cercle de peau brune qui fait le fer... Le chariot va être fini ; j'attends tout ému et les yeux grands ouverts, quand mon père pousse un cri et lève sa main pleine de sang. Il s'est enfoncé le couteau dans le doigt.

Jules Vallès
L'Enfant

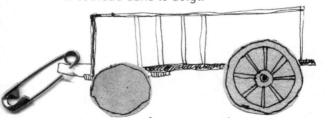

- Avez-vous la chance d'avoir un papa bricoleur ou une maman bricoleuse ?
Et vous, bricolerez-vous pour vos enfants ?
- Imaginez la suite. Elle ne peut pas être pire que dans le roman !

30

On s'était goinfré. Pauline léchait le dessus
des gâteaux au chocolat et les remettait dans
les assiettes. Elle avait des moustaches brunes.
On riait à en perdre le souffle, alors j'avais aussi
léché le chocolat des gâteaux.

Jean-Paul Nozière
Fin août, début septembre

- Se goinfrer, s'empiffrer, bâfrer...
Combien d'autres verbes trouverez-vous
pour dire « manger » en langage familier ?
- Avez-vous déjà fait ce genre de
cochonneries ? C'était rigolo ?

31

Si Papa détestait et redoutait le réveillon du jour de l'an, il y avait trois jours dans l'année que Rose détestait et redoutait : les premiers jours des trois trimestres de classe.

[...]

Le trimestre d'hiver était le pire. Tous ces gens irrités par les rhumes, l'école entière pleine d'une odeur de vêtements mouillés et d'eucalyptus, et les matins, les terribles matins sombres, mis à nu par la lumière électrique impitoyable...

Eric Malpass
L'Endroit rêvé pour un trésor caché

- Comprenez-vous qu'on puisse détester le réveillon du Nouvel An ?
- Quels sont vos trois pires jours de l'année ?

janvier

1

Voici les résolutions que j'ai prises pour
la nouvelle année :
1. Aider les aveugles à traverser la rue.
2. Suspendre mon pantalon le soir avant
de me coucher.
3. Remettre les disques dans leur pochette.
4. Ne pas commencer à fumer.
5. Être gentil avec le chien.
6. Aider les pauvres et les ignorants.
7. Ne pas tripoter mes boutons.
8. Et, après avoir entendu les bruits dégoûtants
que faisaient mes parents hier soir dans le salon,
j'ai fait le serment de ne jamais boire d'alcool.

Sue Townsend
Journal secret d'Adrien 13 ans 3/4

- Êtes-vous d'accord avec toutes
ces résolutions ?
- Quelles seraient les vôtres pour
l'année à venir ?

2

Pour les mauvaises notes, c'est exactement la même chose : on peut choisir celui à qui on donne le carnet à signer. Bien sûr, tous les enfants de parents divorcés n'ont pas autant de chance, beaucoup ont la vie incroyablement difficile.

Christine Nöstlinger
J'ai aussi un père

- Connaissez-vous d'autres avantages à être un enfant de divorcés ?
- Pour tous ces avantages, combien d'inconvénients ?

137

3

Qu'est-ce que ça peut savoir de l'amour, des parents ?
Si un jour ils ont su, c'est trop loin maintenant.
D'ailleurs, entre eux, ça ne pouvait pas être un grand
amour. Un véritable. Impossible. Il n'y a qu'à les voir,
tous les deux. Pas de cadeau pour le plaisir, pour la
surprise. Câlins à dates fixes et tendresse obligée.
Anniversaires d'âges et de mariage. Noëls. [...]
Elle ne veut pas d'une vie pareille, du jour après jour
non-amour, de la semaine qui se tire, s'étire, sans
autre espoir qu'enfin se terminer.
Lundifférence, mardispute, mercrediscorde,
jeudivorce...

Marie-Sabine Roger
La Moitié gauche de la lune

- Trouvez-vous aussi que vos parents
ne sont pas doués pour l'amour ?
- Ferez-vous mieux ? Comment ?

4

Heureusement que je m'aime, sinon je serais
bien seul. Les autres ne me regardent que pour
se moquer de moi. Dans ma tête, je ris et je les traite
de tous les noms. Mais personne ne m'entend.
Alors, ça ne sert à rien.

Éric Sanvoisin
Le Nain et la petite crevette

- Vous aimez-vous un peu, beaucoup,
passionnément, à la folie ou pas du tout ?
- « Traiter de tous les noms » dans sa tête,
ça soulage. Faites votre liste, en douce,
de tous les « noms d'oiseaux » que
vous préférez.

5

Je suis une enfant transparente. C'est en tout cas ce que dit Platon.

Platon Jones est mon meilleur et mon seul ami, même s'il y a des fois où j'ai un peu honte de me promener avec lui, parce qu'il a un an de moins que moi, douze ans seulement, et qu'en plus il est petit et maigrichon pour son âge. Avec ça, il a un appareil dentaire qui le fait postillonner quand il parle, plus des lunettes rondes, grosses comme des hublots. Et puis il ne peut ni courir ni faire du sport à cause de son asthme. Il dit souvent : « C'est parce que je suis un enfant transparent comme toi que tu arrives à me supporter. »

Nina Bawden
L'Enfant transparent

- Vous sentez-vous transparent(e) ?
- Comment peut-on être l'ami(e) de quelqu'un dont on a honte ?

6 janvier

C'est la fête des Rois.

Ce matin, Luisa m'a apporté une chaussette pleine
de friandises et un polichinelle. Collalto m'a offert
un beau porte-monnaie en peau de crocodile.
Mes parents m'annoncent dans une lettre que
je trouverai des cadeaux à mon retour.
Oh ! la belle journée ! Vive la fête des Rois !

Vamba
Le Journal de Jean la Bourrasque

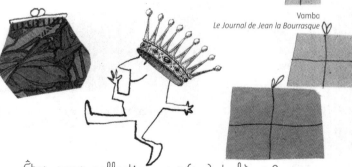

- rép. «J'aime la galette / Savez-vous comment / Quand elle est bien faite / Avec du beurre dedans»...

- Êtes-vous collectionneur(se) de fèves ?
D'autres choses ?

- Connaissez-vous une chanson enfantine
qui parle de galette ?

141

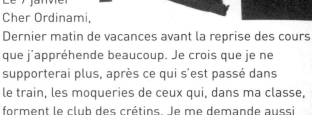

Le 7 janvier
Cher Ordinami,

Dernier matin de vacances avant la reprise des cours que j'appréhende beaucoup. Je crois que je ne supporterai plus, après ce qui s'est passé dans le train, les moqueries de ceux qui, dans ma classe, forment le club des crétins. Je me demande aussi si Aurore aura le toupet de passer me prendre à la maison.

Yaël Hassan
Un jour un jules m'@imera

- À votre avis, que s'est-il passé dans le train ?
- Fuyez-vous, vous aussi, un « club des crétins » ? Des noms ! (Promis-juré, je ne répéterai rien.)

Aude est en train de devenir la chouchoute
de la maîtresse. Axel est vert. C'est bien fait.
Il se croyait le roi parce qu'il est toujours
le premier.

Sandrine Pernusch
Mon Je-me-parle

- Est-ce si génial d'être le chouchou
ou la chouchoute ?
- Peut-on rester toujours premier
ou première ?

9

Joachim n'est pas venu hier à l'école et il est arrivé
en retard aujourd'hui, l'air très embêté, et nous
on a été très étonnés. On n'a pas été étonnés que
Joachim soit en retard et embêté, parce qu'il est
souvent en retard et toujours embêté quand il vient
à l'école, surtout quand il y a interrogation écrite
de grammaire.

René Goscinny et Jean-Jacques Sempé
Le petit Nicolas a des ennuis

- Avez-vous déjà essayé d'éviter un contrôle
en étant absent(e) ou en retard? Ça a marché?
- Qu'est-ce qui vous embête le plus
à l'école?

J'avais devant moi, par terre, un alphabet auquel je me rapportais à tout moment ; je réussis donc, après une ou deux heures de travail, à tracer cette épître :

« Mont chair JO j'ai ce Pair queux tU es bien PortaNt, j'aI ce Pair Osi que je seré bien TO capable de Td JO, Alor Nouseront Contan et croy moa ToN amI PiP. »

Charles Dickens
Les Grandes Espérances

- Écrivez un texte en faisant le plus de « fôtes d'autres-gaffes » possible. Profitez de cette occasion... Il y en aura d'autres...
- « Épître » : rien à voir avec « pitre » ni « chapitre ». C'est un vieux mot pour dire... ? (Indice : c'est absolument timbré !)

Rép. : lettre.

11

La petite Craigie devait être blonde et nerveuse, avec une tête grosse comme le poing, deux yeux gris clair et d'énormes rubans cerise au bout de ses deux nattes pâles. Même en hiver, elle avait les pieds nus dans des sandales de cuir trop larges. Et pour tout cela, et *parce qu*'elle [...] avait une voix lente, et *que* toutes sortes d'accidents délicieux arrivaient à sa prononciation, une des deux petites Françaises, dans le secret de son cœur, l'aimait.

Valery Larbaud
« Rachel Frutiger », *Enfantines*

- Combien avez-vous d'ami(e)s d'origine étrangère ? C'est tout ? Pour quelle(s) raison(s) ?
- Comprenez-vous que l'on soit pris sous le charme d'une langue, d'un accent, d'une prononciation ? Pourquoi certains en ricanent-ils ?

146

– Je veux plus aller à la cantine.

– Moi, j'ai jamais pu aller à la cantine quand j'étais petite. J'avais tellement envie, et j'y allais pas.

– Ça prouve qu'on n'est pas pareilles, dit Olga.

– Qu'est-ce que t'aimes pas à la cantine ?

– Les frites sont dégoûtantes, le poulet est plein de gras, le hachis-parmentier est plein de trucs noirs, et le pire c'est les repas brésiliens, ou les jours de spécialité. Jamais tu avalerais une bouchée, ni papa, ni aucune grande personne.

– T'as qu'à manger du pain, dit maman, conciliante. À la cantine, on a toujours mangé du pain.

– Et d'où tu sais ça ?

Geneviève Brisac
Olga n'aime pas l'école

– Êtes-vous « miam, la cantoche ! » ou « beurk, la cantoche ! » ? D'autres mots qui clochent en « oche » ? Fastoche !!!

– Avez-vous déjà surpris vos parents en flagrant délit de mensonge ? Quels mots le prouvent ici ?

147

13

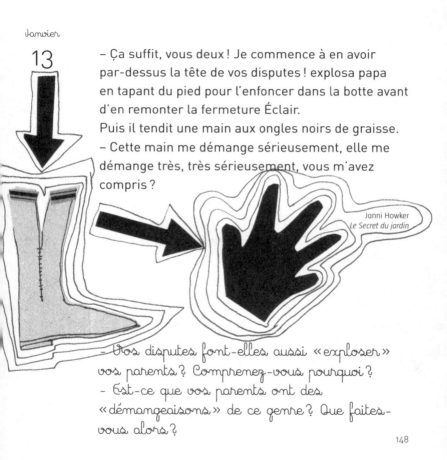

– Ça suffit, vous deux ! Je commence à en avoir par-dessus la tête de vos disputes ! explosa papa en tapant du pied pour l'enfoncer dans la botte avant d'en remonter la fermeture Éclair.
Puis il tendit une main aux ongles noirs de graisse.
– Cette main me démange sérieusement, elle me démange très, très sérieusement, vous m'avez compris ?

Janni Howker
Le Secret du jardin

– Vos disputes font-elles aussi « exploser » vos parents ? Comprenez-vous pourquoi ?
– Est-ce que vos parents ont des « démangeaisons » de ce genre ? Que faites-vous alors ?

– Tout de même, bon Dieu ! qu'il y a pitié aux enfants d'avoir des père et mère !

Un long silence suivit cette réflexion. Lebrac recachait le trésor jusqu'au jour de la nouvelle déclaration de guerre.

Chacun songeait à sa fessée, et, comme on redescendait entre les buissons de la Saute, La Crique, très ému, plein de la mélancolie de la neige prochaine et peut-être aussi du pressentiment des illusions perdues, laissa tomber ces mots :

– Dire que, quand nous serons grands, nous serons peut-être aussi bêtes qu'eux !

Louis Pergaud
La Guerre des boutons

– La fessée, est-ce un sport pratiqué par vos parents ?

– Ferez-vous comme eux plus tard ? Ferez-vous différemment ?

[...] il y a des milliers et des milliers de parents divorcés, et des milliers et des milliers d'enfants qui en souffrent. Apprenez-lui aussi qu'il y a des milliers et des milliers d'autres enfants qui, eux, souffrent de ce que leurs parents ne divorcent pas. Si on admet que les gosses souffrent de cet état de choses, c'est vraiment montrer un cœur trop tendre et une cervelle à l'envers que de ne pas consentir à leur en parler avec bon sens et clarté.

Erich Kästner
Deux pour une

- Êtes-vous un(e) enfant de parents divorcés heureux(se) ou malheureux(se)? Pourquoi?
- Êtes-vous un(e) enfant de parents non divorcés heureux(se) ou malheureux(se)? Pourquoi?

16

Il nous reste une dizaine de minutes avant la fin de la classe, comment les employer ? Je demande à sortir pour ramasser furtivement une poignée de la neige qui tombe toujours ; je roule une boule et je mords dedans : c'est bon et froid, ça sent un peu la poussière, cette première tombée. Je la cache dans ma poche et je rentre.

Colette
Claudine à l'école

– Quels prétextes utilisez-vous pour sortir de classe ? Quel est celui qui marche le mieux ?
– Une boule de neige dans la poche... Il est temps d'essayer !

– La neige, dit Omar, c'est horrible.
Il avait passé la tête au-dessus du muret
et regardait la rue vide, voilée par la neige
qui tombait.
– Ce qu'il y a d'horrible avec la neige, dit-il,
c'est qu'elle est tranquille. C'est terrible
comme elle peut être tranquille.
Victor haussa les épaules.

Jean-Noël Blanc
Fil de fer, la vie

– Qu'est-ce que la neige peut avoir
d'« horrible » ?
– Comment et où l'aimez-vous ?

152

Les mains pleines de neige, les pieds pleins
de neige, les vêtements pleins de neige, nous
courons encore dans la neige, la neige garde encore
tout son mystère. J'ouvre mon cartable et, un à un,
lance mes livres et mes cahiers dans la neige.

Réjean Ducharme
L'Avalée des avalés

- Pourquoi « plein » de répétitions ?
- Avez-vous déjà ressenti la même envie ?
Qu'avez-vous fait ?

C'était une matinée de gelée blanche très humide.
J'avais trouvé l'extérieur de la petite fenêtre
de ma chambre tout embué, comme si quelque lutin
y avait pleuré toute la nuit, et qu'il lui eût servi de
mouchoir de poche. Je retrouvai cette même
humidité sur les haies dénudées et sur l'herbe
desséchée, suspendue comme de grossières toiles
d'araignée, de rameau en rameau, de brin en brin.

Charles Dickens
Les Grandes Espérances

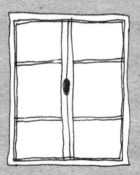

- D'où vient la magie de ce texte ?
- Sauriez-vous écrire un conte à partir
de ces lignes ?

20

Ce jour-là, Rosalie est rentrée de l'école avec mal
à la gorge, le nez qui coule, et de petits yeux rouges.
Sa vieille grand-mère lui a pris sa température.
Trente-neuf cinq. Chic ! se dit Rosalie, je suis malade !

Michel Vinaver
Les Histoires de Rosalie

- Avez-vous déjà pensé : « Chic ! je suis
malade » ? À quelle occasion ?
- Avez-vous quelqu'un pour vous dorloter ?

155

Tom se mit à réfléchir. Il ne tarda pas à se dire
que s'il se trouvait une bonne petite maladie, ce
serait un excellent moyen de ne pas aller à l'école.
C'était une idée à approfondir. À force de se creuser
la cervelle, il finit par se découvrir quelques
symptômes de coliques qu'il chercha à encourager,
mais les symptômes disparurent d'eux-mêmes
et ce fut peine perdue.

Mark Twain
Les Aventures de Tom Sawyer

- Il y a « bonne petite maladie » et « méchante
grosse maladie ». Qu'en pensez-vous ?
- Le mot « symptôme » signifie « signe »,
mais de quelle langue provient-il ?

Rép. Du grec *sumptôma*.

156

Quand nous sommes entrés en classe, la maîtresse nous a dit :

– Mes enfants, ce matin, des docteurs vont venir pour...

Et elle n'a pas pu continuer parce que Agnan s'est levé d'un coup.

– Des docteurs ? a crié Agnan. Je ne veux pas aller chez les docteurs ! Je n'irai pas chez les docteurs ! Je me plaindrai ! Et puis je ne peux pas aller chez les docteurs, je suis malade !

René Goscinny et Jean-Jacques Sempé
« Les Docteurs » , *Le Petit Nicolas et les copains*

– Partagez-vous la même inquiétude de la visite médicale ? Pourquoi ? En avez-vous parlé ?
– Riez-vous au moins à la réponse d'Agnan ? Auriez-vous inventé cela pour vous défiler ?

Janvier

23

L'après-midi, on allait s'endormir en classe
quand splaaaf ! une bulle de chewing-gum a pété.
La maîtresse a voulu savoir qui avait fait ça...
On a tous avalé nos chewing-gums et tous ensemble
on a crié : « C'est pas moi ! » Elle nous a donné deux
exercices pour demain.
On s'en fout, on sera sûrement tous à l'hôpital
pour l'appendicite.

Bruno Heitz
Le Cours de récré

- Aimez-vous le chewing-gum ? la sieste
en classe ? les gros mots ?
- Personne ne dénonce le coupable. Pourquoi ?
Vaut-il mieux se dénoncer soi-même que
provoquer une punition collective ?

24

Moi avant, je croyais que les règles, c'était bleu, comme dans la pub Always, celle où ils parlent de flux, de liquide et qui passe tout le temps quand on est à table.

Mme Burlaud m'a posé plein de questions. Ça avait l'air de la passionner les règles. Elle les a jamais eues les siennes de règles ou quoi ?

Faïza Guène
Kiffe kiffe demain

- Lorsque vous avez des idées fausses, où allez-vous vérifier : dans des livres, des dictionnaires ou sur Internet ?
- Les règles, c'est pas des maths ni de la grammaire. Le mot scientifique est... ? (Indice : même famille que « mois » et « mensuel ».)

- Rép. « Menstrues ».

159

Le temps ne passait pas sur la ville flottante :
l'enfant avait toujours douze ans. Et c'est en vain
qu'elle bombait son petit torse devant l'armoire
à glace de sa chambre. Un jour, lasse de ressembler
avec ses nattes et son front dégagé à la photographie
qu'elle gardait dans son album, elle s'irrita contre
elle-même et son portrait, et répandit violemment
ses cheveux sur ses épaules espérant que son âge
en serait bouleversé.

Jules Supervielle
L'Enfant de la haute mer

- Aimeriez-vous être plus âgé(e) ? Si oui,
pour quelle(s) raison(s) êtes-vous si
pressé(e) de grandir ?
- Vos cheveux ont-ils pour vous beaucoup
d'importance ? Plus que le reste de votre
corps ?

Il se rua sur le volume M de son encyclopédie
Merveilles du savoir, l'ouvrit fébrilement à la page 117,
et poussa un soupir de soulagement. La précieuse
brochure était toujours là, ce mince livret commandé
par la poste contre la somme de vingt-cinq *cents*,
sous le titre prometteur : COMMENT DÉVELOPPER
VOTRE MUSCULATURE – Exercices de base – pour
garçons.

Marilyn Sachs
Une difficile amitié

- Peut-être êtes-vous allé(e) à la lettre M
pour « menstrues ». Et aussi pour « muscles » ?
Vous sentez-vous trop rachitique ?
- Pourquoi les exercices musculaires seraient-
ils réservés aux garçons ?

27

Des fois, je me sens ridicule dans ma peau.
Imagine si on pouvait changer de corps... ou si
on pouvait cacher des bouts qu'on n'aime pas !
Et si on pouvait changer de corps, est-ce que
quelqu'un choisirait le mien ?

Michèle Lemieux
Nuit d'orage

- Vous sentez-vous ridicule ? À cause
de quoi précisément ?
- Imaginez que vous passez dans le corps
de quelqu'un d'autre. Cela en vaut-il
la peine ?

Ça fait un peu bizarre ce trou qui n'était pas là tout
à l'heure et qui saigne encore un peu. Elle le sent.
Elle tient sa dent dans sa main, elle a peur de
la perdre. Elle ne voudrait pas perdre un petit bout
d'elle-même.

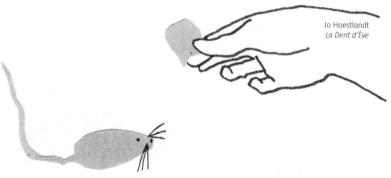

Jo Hoestlandt
La Dent d'Ève

- Perdre un morceau de soi, ce n'est jamais
marrant, même quand c'est programmé pour
grandir. Avez-vous gardé vos dents de lait
en souvenir ?
- Quand et où avez-vous perdu votre première
dent ? « La petite souris » est-elle passée ?

29

Au bout d'un certain temps, il s'aperçut qu'une de ses dents branlait. Quelle chance ! Il était sur le point d'entamer une série de gémissements bien étudiés quand il se ravisa. S'il se plaignait de sa dent, sa tante ne manquerait pas de vouloir l'arracher et ça lui ferait mal. Il préféra garder sa dent en réserve pour une autre occasion [...].

Mark Twain
Les Aventures de Tom Sawyer

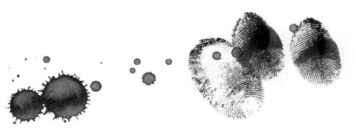

- Avez-vous déjà pratiqué le coup des « gémissements bien étudiés » ?
- Que pensez-vous de l'idée de les mettre « en réserve pour une autre occasion » ? Laquelle ?

30

– Je crois que votre fils Henri essaie de se rendre
intéressant avec sa maladie respiratoire.
Ma mère s'est mise à chercher partout mon flacon
de Ventoline que j'avais fait exprès de ne pas
emporter pour que la crise soit plus grave
et qu'Anaïs soit impressionnée par l'arrivée
de l'ambulance.

Chris Donner
Emilio ou la Petite Leçon de littérature

- Que pensez-vous des raisons d'Henri pour
« se rendre intéressant avec sa maladie » ?
- Quels autres meilleurs moyens utilisez-
vous pour vous rendre intéressant(e) ?

31

*Maman, j'me sens vraiment pas bien. Vaudrait p'tête
mieux que je reste au lit aujourd'hui. Chais pas,
j'ai mal au cœur. Chuis toute barbouillée, tu vois.
Manman ? Dis, manman, tu veux bien toucher mon front ?
Ah bon ? Tu crois pas ? Pas chaude du tout, t'es sûre ?
Bon, bon, j'me lève. Mais tu vas voir, j'parie qu'arrivée
à l'école faudra que j'rentre à la maison.*

Delia Ephron
Comment faire l'enfant – 17 leçons pour ne pas grandir

– Êtes-vous spécialiste du coup de « la
maladie de l'école » ?
– Si vous le faites souvent, trouvez-vous
cela normal ? Inquiétant ? Que faites-vous
pour vous en sortir ?

Février

1

Le lendemain, Tom Sawyer se sentit tout désemparé. Il en était toujours ainsi le lundi matin car ce jour-là marquait le prélude d'une semaine de lentes tortures scolaires. En ces occasions, Tom en arrivait à regretter sa journée de congé qui rendait encore plus pénible le retour à l'esclavage.

Mark Twain
Les Aventures de Tom Sawyer

– Pour Tom, l'école est une torture et un esclavage. Et pour vous ?
– Êtes-vous « désemparé(e) » le lundi ? Avez-vous un remède ?

Février

2

Dès sept heures du matin, j'entre à l'école ; c'est
mon tour d'allumer le feu, zut ! Il va falloir casser
du petit bois dans le hangar, et s'abîmer les mains,
et porter les bûches, et souffler, et recevoir dans
les yeux de la fumée piquante...

Colette
Claudine à l'école

- Arriver à sept heures, allumer le feu...
À quelle époque se situe ce texte ?
- Y a-t-il des tâches à effectuer à tour de rôle
dans votre classe ? Laquelle préférez-vous ?

169

3

Le couloir est allumé et on entend des voix dans la chambre des parents. Je me demande ce qu'ils se disent en pleine nuit. Ils parlent sûrement de moi. Ils vont me mettre en pension et on m'obligera à lire un livre par jour. Il vaut mieux que je me sauve avec Bernard en Afrique.

Brigitte Smadja
Halte aux livres !

- Vous avez sans doute déjà écouté aux portes... Qu'avez-vous appris d'important ? (Chut !)
- Avoir à lire un livre par jour, pour vous, est-ce une raison pour fuguer ?

4

Mon père était, sans l'ombre d'un doute, le plus
merveilleux et le plus épatant des pères dont
un petit garçon pût rêver.
Pour ceux qui ne le connaissaient pas, il pouvait
paraître sérieux et même austère. Ce n'était guère
le cas, je peux vous dire que c'était quelqu'un de
follement gai. Ce qui lui donnait cet air sérieux,
c'était qu'il ne souriait jamais avec la bouche. Il
ne souriait qu'avec les yeux.

Roald Dahl
Dany, Le Champion du monde

- Savez-vous sourire avec les yeux ?
C'est très important ! Exercez-vous devant
une glace.
- Trouvez-vous que vous êtes « tombé(e) »
sur un père de rêve ? Oui ? Tant mieux !
Pourquoi ? Non ? Tant pis ! Pourquoi ?

5

Papa est entré comme d'habitude en sifflotant.
Il a regardé par-dessus mon épaule et a pointé
du doigt une faute d'orthographe. Il est très fort,
mon Papa, il dit qu'il peut repérer une faute
d'orthographe à deux cents mètres dans un
tunnel en pleine nuit et je le crois.

Valérie Zenatti
Fais pas le clown, Papa !

- Croyez-vous tout ce que dit votre papa
si sympa ?
- Aimez-vous que vos parents regardent
par-dessus votre épaule ? Pourquoi le
font-ils ?

Comme j'ai fait septième en orthographe, Papa m'a donné de l'argent pour m'acheter ce que je voudrais, et à la sortie de l'école tous les copains m'ont accompagné au magasin où j'ai acheté une lampe de poche, parce que c'était ça que je voulais. [...]
– Mais qu'est-ce que tu vas en faire, de ta lampe de poche ? m'a demandé Alceste.
– Ben, j'ai répondu, ça sera très bien pour jouer aux détectives. Les détectives ont toujours une lampe de poche pour chercher les traces des bandits.

René Goscinny et Jean-Jacques Sempé
« La Lampe de poche », *Le petit Nicolas a des ennuis*

- Vous, que feriez-vous d'une lampe de poche ? Si vous êtes en panne d'imagination, trichez et allez voir au 4 avril.
- Vaut-il mieux avoir de l'argent de poche régulièrement ou être payé quand on a bien travaillé ?

7

Elle s'amusait, parfois, à draper sur moi le burnous
noir léger, rayé de lames d'or, à me coiffer du
capuchon à gland ; alors elle s'applaudissait
de m'avoir mise au monde.

Colette
« Le Manteau de spahi », *La Maison de Claudine*

- Trouvez dans ce texte le mot d'origine
arabe. En connaissez-vous d'autres ?
- Si votre mère vous a déguisé(e), vous
a-t-elle assez applaudi(e) ?

- Rép. « Burnous » ; « café », « azur », « zéro », « zénith »...

8

J'ai appris à faire le poirier en cours de gym.
Et je suis drôlement fort. Je peux rester debout
sur la tête pendant trois minutes. J'ai montré ça
à ma mère, à mon père et à Mousse dans la salle
de séjour. Ils ont été rudement impressionnés.

Judy Blume
C'est dur à supporter

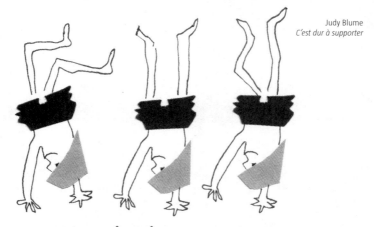

- Par quel exploit physique épatez-vous
votre entourage ?
- Tenez-vous le poirier plus de trois
minutes ? (Dans ce cas, félicitations !)

Avec un vieux rideau frangé d'or, elle se fit une robe à traîne, dont les trous furent masqués par des fleurs. Avec du carton, revêtu du papier doré qui protégeait le chocolat Menier, je réussis une couronne vraiment princière. Pour le sceptre, il fut fait d'un long roseau, serré dans la spirale d'un ruban rouge, et terminé par un bouchon de carafe qui avait dû être taillé par un diamantaire, car il jetait des feux insoutenables. Enfin, un emprunt au rideau de perles de la porte nous fournit un collier à triple tour.

Marcel Pagnol
Le Temps des secrets

- Quel a été le déguisement le plus réussi de votre vie ?
- Devinez-vous de quel déguisement il s'agit dans ce texte ?

10

C'est alors que Franky surgit sur sa trottinette toute neuve. Il s'est déguisé en Robin des Bois à l'aide de vieux vêtements que son arrière-grand-père a tirés d'une malle très ancienne. Des amis le suivent, ils sont tous sur des trottinettes flambant neuves et brillantes de peinture. Ils filent à toute allure vers les tables des friandises. Tout a l'air si bon !

Zoé Valdés
Au clair de Luna

- Faites la plus longue liste possible de vos friandises de rêve.
- Connaissez-vous au moins quatre mots de la famille de « trottinette » ?

11

Toute raide, elle se dirige vers le vestiaire qui est au fond de la salle, ouvre lentement son manteau, le retire... et qu'est-ce que nous voyons ? C'est qu'elle portait, au lieu de son tablier beige, un autre ridiculement petit, en toile jaune vif, tellement court qu'il lui arrivait à moitié corps, avec, en plus, des manches bouffantes et un col de dentelle rouge d'où sortait sa tête nioraude. Et elle restait là sans bouger, regardait par terre.

– On se croirait à Mardi gras ! me souffle Tiennette Jacquot.

Colette Vivier
La Maison des petits bonheurs

– Remarquez tous les mots qui montrent le ridicule. Qu'en pensez-vous ?
– Avez-vous souffert d'être ridicule ou bien ridiculisé(e) ? Vous êtes-vous moqué(e) de quelqu'un qui semblait ridicule ?

Il y avait dans notre rue, la rue Zacharie, une fille nommée Esthy. Je l'aimais. Le matin, au petit déjeuner, une tartine dans la bouche, je murmurais son nom : Esthy. Papa me déclarait alors : « On ne mâche pas la bouche ouverte. »

Le soir, on disait : « Ce garçon est fou. Il s'est encore enfermé dans la salle de bains pour jouer avec l'eau. » Je ne jouais pourtant pas. Je remplissais le lavabo et traçais son nom à la surface de l'eau.

Amos Oz
Mon Vélo et autres aventures

Esthy

- Que faites-vous de bizarre quand vous êtes amoureux(se) ?
- Vous a-t-on pris(e) pour un fou ou une folle ? À quelle occasion ?

179

Février

13

Qui c'est ton amoureux ?
Elles l'ont dit en même temps. C'est un secret.
C'est toujours un secret. [...] Elles se disent leurs
amoureux tout bas dans l'oreille et jurent de ne le dire
à personne. Ensuite il faut dire tous les garçons
qui sont amoureux de toutes les filles qu'elles
connaissent, et toutes les filles qui sont amoureuses
des garçons qu'elles connaissent. Ce qui est
intéressant, c'est que ce ne soit pas les mêmes.
Jonathan est amoureux de Sarah, qui est amoureuse
de Timothée, qui est amoureux de Mélanie, qui est
amoureuse de Dorian, et ça les fait mourir de rire.

Geneviève Brisac
Les Amies d'Olga

- Comptez sur vos doigts les histoires
d'amour dans votre classe. Avez-vous
assez de doigts ?
- Êtes-vous heureux(se) ou malheureux(se)
d'être amoureux(se) en cette veille de
Saint-Valentin ?

J'avais déjà près de neuf ans lorsque je tombai amoureux pour la première fois. Je fus tout entier aspiré par une passion violente, totale, qui m'empoisonna complètement l'existence et faillit même me coûter la vie.

Elle avait huit ans et elle s'appelait Valentine.

....

[...] je mangeai pour Valentine plusieurs poignées de vers de terre, un grand nombre de papillons, un kilo de cerises avec les noyaux, une souris et, pour finir, je peux dire qu'à neuf ans [...] je pris place parmi les plus grands amants de tous les temps, en accomplissant une prouesse amoureuse que personne à ma connaissance, n'est jamais venu égaler. Je mangeai pour ma bien-aimée un soulier en caoutchouc.

Romain Gary
La Promesse de l'aube

- Avez-vous une Valentine ?
Écrivez-lui un poème en « ine » !
- Avez-vous un Valentin ?
Écrivez-lui un poème en « in » !

Henri fait rire Wanda, elle pouffe en se cachant derrière sa main plaquée sur la bouche.
Au début de l'année, il raccompagnait Fabienne chez elle, après l'école. Les autres : Oh les amoureux. Erreur de conjugaison. Avec de l'attention, tu éviteras presque toutes les fautes d'accord. Tu as fait des fautes. Tu ne dois pas commettre d'erreur. Tu copieras cent fois « Je me suis trompé dans les accords puisque Fabienne ne me parle plus. »

Jean-Noël Blanc
Fil de fer, la vie

- Avez-vous vécu un chagrin d'amour ?
- Aimez-vous qu'on vous chante « Oh les amoureux-eux ! » en vous montrant du doigt ?

« [...] Tu te rappelles ce que j'ai écrit sur ton
ardoise ?

– Heu... oui.

– Qu'est-ce que c'était ?

– Je ne te le dirai pas.

– Faut-il que ce soit moi qui te le dise ?

– Heu... oui... mais une autre fois.

[...]

– Tourne la tête pour ne pas me voir et je le dirai.
Mais il ne faudra en parler à personne. Promis, Tom ?

– Promis ! Alors, Becky ? »

Il tourna la tête. Elle se pencha timidement, si
près que son souffle agita un instant les boucles
du garçon. Et elle murmura :

« Je t'aime ! »

Mark Twain
Les Aventures de Tom Sawyer

- Pourquoi est-ce difficile de dire
« je t'aime » ? Comment faites-vous ?
- Savez-vous garder le secret en amour ?
Est-ce important ?

Les autres ils ont des petites amies. Mais moi, j'ai une grande ennemie ; elle s'appelle Virginie. [...] Je la déteste. Je la trouve moche, archilaide, affreuse à faire peur, avec ses cheveux blonds bouclés et ses grands yeux bleus, comme le produit qu'on verse dans les waters.

Tous les jours, je lui envoie des petits mots. Mais pas des mots doux, des mots durs : « Grosse soupière, reste dans ton buffet. » Ou bien : « Sale limace, arrête de baver sur mes salades. » Elle me répond sur du papier à lettres vert épinard, parfumé à l'eau de Javel et décoré de têtes de mort.

Bernard Friot
Nouvelles Histoires pressées

- Avez-vous un ou une pire ennemi(e) ?
Quelles vraies bonnes raisons valables
avez-vous de le (la) détester ?
- Inventez de bonnes grosses insultes.
(Un conseil : gardez-les pour vous !)

Mlle Washington lisait de bons livres en plus,
pas ces livres idiots où les enfants n'apprennent
qu'à devenir sages. Dans ces ouvrages, les enfants
faisaient des choses amusantes, des choses
courageuses, des choses magiques.
Elle passait devant mon bureau et y déposait
un livre. « J'ai pensé que tu aimerais peut-être
le lire », chuchotait-elle.
Et je le laissais là comme s'il ne m'intéressait
pas du tout.

Katherine Hannigan
Ida B.

– Faire comme si on n'aimait pas lire,
et lire en douce : comprenez-vous cela ?
Quel intérêt ?
– Avez-vous eu la chance de rencontrer
une Mlle Washington ?

19

Prends la position la plus confortable : assis, étendu, pelotonné, couché. Couché sur le dos, sur un côté, sur le ventre. Dans un fauteuil, un sofa, un fauteuil à bascule, une chaise longue, un pouf. Ou dans un hamac, si tu en as un. Sur ton lit naturellement, ou dedans. Tu peux aussi te mettre la tête en bas, en position de yoga. En tenant le livre à l'envers, évidemment.

Italo Calvino
Si par une nuit d'hiver un voyageur

- Dans quelle position aimez-vous lire ? Vous fait-on des réflexions ?
- Connaissez-vous d'autres endroits propices à la lecture ? Il y en a au moins un qui n'a pas été cité. Lequel ?
(Indice : en deux lettres !)

20

Quand elle lit, elle revient, tout égarée et le feu aux joues, de l'île au coffre plein de pierreries, du noir château où l'on opprime un enfant blond et orphelin.

Colette
« La Couseuse », *La Maison de Claudine*

- Que ressentez-vous dans votre esprit, votre cœur, votre corps lorsque vous lisez ?
- Quel genre de romans évoque l'auteure ? Les aimez-vous aussi ?

21

Maintenant il est grand. Sa mère a dit que maintenant quand elle sort il peut rester seul. Il reste seul. Non. Il part et il n'est pas seul. Elle ne sait pas que le monde entier est dans les livres, il part il découvre l'aventure avec des capitaines courageux [...]. Il lit, il a des amis [...]

Annie Saumont
« Lis et tais-toi », *Moi les enfants j'aime pas tellement*

- Quand on lit, on n'est plus seul : êtes-vous d'accord ?
- Ce titre, en deux mots, d'un roman de Rudyard Kipling est caché dans ce texte. L'avez-vous trouvé ? Lu ? (Pas envie de vous aider !)

22

Quelquefois il me prend une envie folle de lecture,
mais quand je me demande quel livre je vais choisir,
il y en a tellement que j'en suis dégoûté, et je laisse
tout là. Des livres, des livres, encore des livres,
j'en suis saturé. Je m'excuse de faire le dégoûté
de cette façon, mais c'est vraiment ce que je ressens.

Isoko et Ichiro Hatano
L'Enfant d'Hiroshima

- Avez-vous déjà éprouvé une envie folle
de lecture qui est tombée à l'eau ? Où
et pourquoi ?
- Êtes-vous saturé(e) de la lecture
de ce livre ? Vous êtes excusé(e) d'avance !

189

23

Quand j'ai lu un livre génial après il est tout le temps avec moi il est dans mes oreilles et dans mes yeux et dans ma bouche et parfois juste quand je demande du pain à la boulangerie je sens que le livre est là qui me fait demander du pain différemment juste parce que au lieu que je demande du pain sans avoir lu le livre j'en demande en l'ayant lu je ne peux pas dire mieux.

Corinne Lovera Vitali
Lise.

- Quel est votre livre le plus génial ? L'emporteriez-vous sur une île déserte ?
- Vous sentez-vous différent(e) après la lecture d'un livre ? Est-ce toujours agréable ?

Très vite, Anaïs est devenue folle de ce livre, elle le lisait tous les soirs (ce n'était pas un livre très long), elle en connaissait des passages entiers qu'elle récitait par cœur. Ce livre la faisait rire, pleurer, chanter, il occupait sa vie.

Chris Donner
Emilio ou la Petite Leçon de littérature

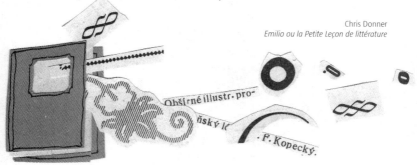

- Êtes-vous tellement fou (folle) d'un livre que vous en connaissez des passages par cœur ?
- Souvenez-vous d'un livre qui vous a fait rire, d'un qui vous a fait pleurer, d'un qui vous a fait chanter, ou rêver, ou frissonner...

Le soir, après souper, je relisais mon *Robinson*,
je l'apprenais par cœur ; le jour, je le jouais,
je le jouais avec rage, et tout ce qui m'entourait,
je l'enrôlais dans ma comédie.

Alphonse Daudet
Le Petit Chose

- Réf. *Robinson Crusoé*, de Daniel Defoe.

- Quel roman se cache derrière les mots
« mon Robinson » ?
(Indice : le personnage a cru Zoé !)
- Avez-vous déjà joué, vous aussi, un
personnage, au moins dans votre tête ?

Il s'appelait Daniel, mais il aurait bien aimé s'appeler Sindbad, parce qu'il avait lu ses aventures dans un gros livre relié en rouge qu'il portait toujours avec lui, en classe et dans le dortoir.

J.-M. G. Le Clézio
« Celui qui n'avait jamais vu la mer », *Mondo et autres histoires*

Rép. Les Mille et Une Nuits.

- Quel « gros livre » se cache derrière le nom de Sindbad ?
- Voudriez-vous porter un autre nom ? Lequel ?

193

27

« Maintenant, déclara Joe en se relevant, laisse-moi
te tuer, comme ça, on sera quittes.

– Mais ce n'est pas dans le livre, protesta Tom.

– Eh bien, tu n'as qu'à être le frère Tuck ou Much,
le fils du meunier. Après, tu seras de nouveau
Robin des Bois et moi je ferai le shérif de
Nottingham. Alors, tu pourras me tuer. »
Cette solution étant des plus satisfaisantes,
les deux garçons continuèrent à mimer
les aventures de Robin des Bois.

Mark Twain
Les Aventures de Tom Sawyer

- Quel roman avez-vous déjà mis en scène
avec des copains et copines ?
- Avez-vous un héros ou une héroïne
préféré(e) ? Pourquoi ?

J'avais la passion des mots ; en secret, sur un petit
carnet, j'en faisais une collection, comme d'autres
font pour les timbres.
J'adorais *grenade*, *fumée*, *bourru*, *vermoulu* et
surtout *manivelle* : et je me les répétais souvent,
quand j'étais seul, pour le plaisir de les entendre.

Marcel Pagnol
La Gloire de mon père

grenade
fumée
bourru
vermoulu
manivelle

- Trouvez un mot dont le sens vous
est inconnu et qui fasse insulte, comme
l'écrivain Colette avec le mot mystérieux
« presbytère » dans *La Maison de Claudine*.
- Et si vous faisiez collection de mots ?

195

29

– Cela te plaît comme ça, Albertine ?

– M'oui, mais qu'est-ce que c'est que ce « vuillerée de glace » ?

– Où ça « vuillerée » ?

– Sept lignes plus haut.

– Oh, c'est une faute de frappe, expliquai-je tout amusé. Sur le clavier, le v est juste à côté du c. Alors, parfois, je me trompe. Tu sais, bien souvent, les fautes de frappe donnent des trucs très drôles. Vraiment.

Frédéric Faragorn
Albertine Nonsaens

- Avez-vous déjà créé un mot nouveau grâce à une faute de frappe (ce n'est pas toujours un non-sens) ou d'orthographe ?

- Écrire « 29 février » n'est pas une faute de frappe. C'est une date qui existe seulement tous les quatre ans. Dommage pour les anniversaires !

mars

1

Vendredi 1er mars

Maman a repris du poil de la bête. Elle est entrée
dans ma chambre et a annoncé :

– Ne t'inquiète pas pour ta note d'histoire, Louis,
tu dois surmonter ça.

– Merci pour tes encouragements, maman.

– Et un jour, a-t-elle poursuivi, je suis certaine
que nous serons fiers de toi.

Ils ne sont donc pas fiers de moi pour le moment.
C'est quand même un coup dur.

Pete Johnson
Comment éduquer ses parents

- Rép. : « Avoir la puce à l'oreille », « prendre le taureau par les cornes », « rester le bec dans l'eau »...

- Connaissez-vous d'autres expressions
animalières ?
(Indices : avec « puce », avec « cornes »,
avec « bec »...)

- Vous arrive-t-il aussi de découvrir un autre
message derrière ce que vos parents vous
disent ? Quel effet cela vous fait-il ?

On connaît la fameuse échelle de Richter qui mesure la puissance des tremblements de terre. On entend aussi parler de celle de Beaufort, avec laquelle on évalue la force des vents, de la petite brise au plus dévastateur des ouragans. Chez nous, il y a une autre échelle, celle de Jeannine – du prénom de maman – pour évaluer les multiples catastrophes de la vie. Seulement, cette règle-là n'est pas très fiable. D'une certaine manière, elle n'a qu'une seule graduation qu'on pourrait intituler : gigantesque catastrophe. Tout, chez ma mère, est une gigantesque catastrophe. Tout !

Hubert Ben Kemoun
Ma mère m'épuise

- Pour vous, qu'est-ce qu'une « gigantesque catastrophe » ?
- Et pour votre mère à vous ?
Quelles conclusions en tirez-vous ?

3

– Je ne peux plus vivre comme ça, me dit ma mère.
J'ai encore rêvé qu'on t'enlevait cette nuit. Trois fois
je suis montée jusqu'à ta porte. Et je n'ai pas dormi.
Je la regardai avec commisération, car elle avait
l'air fatigué et inquiet. Et je me tus, car je ne
connaissais pas de remède à son souci.
– C'est tout ce que ça te fait, petite monstresse ?
– Dame, maman... Qu'est-ce que tu veux que je
dise ? Tu as l'air de m'en vouloir que ce ne soit
qu'un rêve.

Colette
« L'Enlèvement », *La Maison de Claudine*

– Que pensez-vous des angoisses
de vos parents ?
– Et vous, connaissez-vous le remède ?

200

Il préférait les jeux du soir, ceux où elle était sa partenaire et dont le matériel résidait dans des coffrets qu'on tirait d'un placard : les chevaux rouges et jaunes, le loto avec ses cartes numérotées et ses sacs de pions cylindriques, le jeu de dames dont un pion noir égaré avait été remplacé par un bouton, la puce, les dominos... Là, ils étaient vraiment ensemble, réunis par la même joie. Un soir, alors qu'elle lui apprenait à jouer au Nain Jaune, interrompant le jeu, elle lui avait dit : « Ne m'appelle plus maman. Dis : Virginie. » Mais il continuait à faire « M'man » du bout des lèvres, avec une moue.

Robert Sabatier
Les Allumettes suédoises

– Avez-vous l'occasion de jouer avec votre mère ? Sinon, le lui proposez-vous ?
– Que pensez-vous de la demande de cette mère ? Auriez-vous accepté ?

5

Ma mère, tiens, elle s'en fiche bien de moi. Elle
m'aime pas, d'abord. Elle m'écoute pas, jamais.
J'ai bien essayé d'lui dire. J'ai essayé d'lui expliquer.
Mais tu crois qu'elle m'écouterait ? Tiens ! Ça
l'intéresse pas, c'que j'ai à dire. Y en a qu'pour elle.
Elle, elle, elle, toujours elle ! Elle croit qu'elle sait
tout ! Eh ben, elle se trompe, elle sait pas tout !
Elle sait rien du tout ! Pour qui elle se prend, à la
fin ? J'la déteste ! C'est toujours moi qui prends.
J'ai toujours tort ! Elle est toujours après moi.
C'est pas juste !

Delia Ephron
Comment faire l'enfant – 17 leçons pour ne pas grandir

- Avez-vous une mère qui croit savoir tout
et qui ne sait rien ? Faites la liste (secrète)
de tout ce qu'elle ne sait pas à votre sujet.
- Combien de fois par heure, par jour, par
semaine, par mois, par année avez-vous
dit « C'est pas juste ! » depuis que vous
êtes né(e) ?

6

– Julien, tu m'aimes ? demande sa mère.
Elle se penche vers lui, caresse ses cheveux.
– Non, non, Maman, répond Julien.
De toute façon, il sait bien, sa mère n'écoute pas.

Bernard Friot
Nouvelles Histoires minute

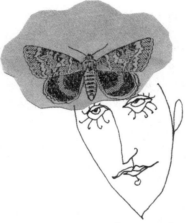

– Bizarre, non, une mère qui demande
à son fils s'il l'aime ? Si ça vous arrivait,
seriez-vous gêné(e) ?
– Pourquoi la mère de Julien n'entend-elle
pas la réponse ? Est-ce grave ?

203

7

Maman avait posé sa main douce sur ma tête.
Elle me chuchotait des mots-murmures, des mots
doudoux qui font du bien. J'ai regagné la rive.
Les draps étaient trempés ? C'est pas grave.
C'est la tempête. Les ouragans de nuit mouillent
toujours les lits.
– Je vais te changer, mamour, ma puce, mon
poussin.
Maman, quand elle aime, c'est toujours avec
plein de guirlandes.

Marie-Sabine Roger
À la vie, à la...

– Avez-vous la chance d'avoir une mère
de ce modèle-là ? C'est rare ! Gardez-la
précieusement !
– Quels sont les gestes et les mots doux
que vous préférez ? Y en a-t-il qui vous
agacent ?

J'étais extrêmement sensible à l'habit, et souffrais beaucoup d'être hideusement fagoté. En costume marin avec un béret, ou bien en complet de velours, j'eusse été aux anges ! [...] Je portais de petits vestons étriqués, des pantalons courts, serrés aux genoux et des chaussettes à raies ; chaussettes trop courtes, qui formaient tulipe et retombaient désolément, ou rentraient se cacher dans les chaussures. J'ai gardé pour la fin le plus horrible : c'était la chemise empesée.

André Gide
Si le grain ne meurt

- Êtes-vous « extrêmement sensible à l'habit » ? En souffrez-vous ?
- Quel serait la tenue de vos rêves ? Pourquoi ?

Ernest n'a ni jeans, ni jogging. Deux fois par an,
un tailleur se rend chez eux, prend ses mesures
et lui coud un costume d'une coupe neutre, ni du
siècle dernier ni de celui-ci. [...]
Cet accoutrement évite à Ernest les contacts avec
les autres enfants ; de toute façon, il les évite, non
par goût, mais par prudence.

Susie Morgenstern
Lettres d'amour de 0 à 10

- Sans jeans et sans jogging, comment
feriez-vous, vous ?
- Comprenez-vous que cet « accoutrement »
arrange Ernest ?

10

[...] l'étoffe dans laquelle on a taillé mon pantalon
se sèche et se racornit, m'écorche et m'ensanglante.
Hélas ! je vais non plus vivre mais me traîner.
Tous les jeux de mon enfance me sont interdits.
Je ne puis jouer aux barres, sauter, courir,
me battre. Je rampe seul, calomnié des uns,
plaint par les autres, inutile !

Jules Vallès
L'Enfant

- Avez-vous déjà été obligé(e) de porter
un « vêtement-prison » ? Comment
l'avez-vous supporté ?
- Vous a-t-il blessé(e) physiquement
ou moralement ?

11

Papa, il comprenait pas pourquoi il fallait toujours nous acheter des habits. Maman, elle voulait toujours qu'on soit bien habillés, mais c'était dur, elle avait pas beaucoup d'argent.

Mes frères, ils s'en foutaient un peu, mais moi j'avais peur d'être moche et j'aimais pas toujours les habits que maman nous mettait. Je pouvais pas lui dire, elle avait assez de soucis comme ça.

Jean-Louis Fournier
Il a jamais tué personne, mon papa

- Pourquoi, une fois de plus, les parents ne sont-ils pas d'accord au sujet des enfants ?
- Par quelle expression plus polie, plus élégante, pourriez-vous remplacer « ils s'en foutaient » ?

– Regarde, mais regarde cette chose hideuse
que je dois porter ! Je ressemble à... je ressemble
à un énorme pudding aux pruneaux. J'ai l'air
d'un bébé. Pourquoi je dois m'habiller exactement
comme Meg, qui est plus jeune ? Je ne peux pas
et je ne porterai pas cette robe ! C'est impossible,
je ne la porterai pas.

– Alors ne la porte pas, dit Tom calmement.

– Quoi ? mais je vais me faire affreusement gronder !

– Il faut bien que cela t'arrive un jour ou l'autre ;
que cela nous arrive un jour ou l'autre.

– Tu as raison.

Brian Fairfax-Lucy et Philippe Pearce
Les Enfants de Charlecote

– Quelle est pour vous la pire « chose hideuse »
à porter ?
– Êtes-vous prêt(e) à défendre votre cause ?

Les filles sages qui ne grognent jamais n'existent
que dans les livres. Je sais tout ce que Mam fait
pour nous : la cuisine, le ménage, les soucis, et tout,
et tout. Évidemment, je suis un monstre.

Anna-Greta Winberg
Ce jeudi d'octobre

- Les garçons « sages qui ne grognent
jamais » existent-ils davantage ?
- Vous sentez-vous parfois « un monstre » ?
Que faites-vous ?

Si une chose me chagrine bien, me répugne,
peut me faire pleurer, ma mère me l'impose
sur-le-champ.
« Il ne faut pas que les enfants aient de volonté ;
ils doivent s'habituer à tout. – Ah ! les enfants gâtés !
Les parents sont bien coupables qui les laissent
faire tous leurs caprices... »
Je dis : « Oui, m'man », de façon à ce qu'elle croie
que c'est *non*, et je me laisse habiller et sermonner
en rechignant.

Jules Vallès
L'Enfant

- Une mère qui n'aime pas son enfant,
arrivez-vous à le concevoir ?
- Dans de célèbres romans, on trouve
de méchantes mères. En connaissez-vous ?
Renseignez-vous en bibliothèque.

15

Je dois avouer que même après avoir pris la décision de ne plus aimer Maman, c'était difficile de la voir triste. Une part de moi voulait lui venir en aide. Mais je savais que si je prononçais un seul mot ou la touchais ou faisais le moindre mouvement, toute la tristesse en moi saisirait cette occasion pour remonter à la surface une fois de plus et se déverser, et on ne pourrait plus l'arrêter. On s'y perdrait à jamais.

Katherine Hannigan
Ida B.

– Combien de temps ça peut durer, chez vous, de ne plus aimer votre mère ?
– Difficile de voir sa mère triste. Dans ce cas-là, que faites-vous ? Que dites-vous ?

Côme habitait un lit. À l'âge où la plupart des
enfants ne s'y retrouvent que pour dormir, lui,
y demeurait jour et nuit. C'était un lit de grande
personne, un lit bien trop long pour un enfant
de onze ans et demi. Une bonne partie du bout
et des coins lui était pratiquement inconnue.
Seul l'un de ses pieds s'y aventurait parfois
à la recherche d'un peu de fraîcheur.

Alexandre Révérend
Le Pays du bout du lit

- Être au lit jour et nuit, malade, à l'hôpital.
Imaginez...
- Connaissez-vous la fraîcheur des coins
de lit et d'autres petits plaisirs de ce genre ?

17

– Mon Dieu, où ai-je la tête ? Nous n'avons pas pris
ta température ce soir !
Une brume s'interposa entre la robe grenat de
Madame Maman et son fils. Ce soir-là, Jean brûlait
de fièvre avec mille précautions, un petit feu couvant
au creux de ses paumes, un wou-wou-wou battant
dans les conques des oreilles, et des fragments
de couronne chaude autour des tempes...
– Nous la prendrons demain sans faute, Madame
Maman.

Colette
« L'Enfant malade », *Gigi*

– Être un peu malade : faites la liste
des avantages et des inconvénients.
– Il y a cinq moyens de prendre la
température. Lesquels ? Renseignez-vous
à la pharmacie ou chez le docteur.

Maintenant, il s'agissait de ne pas guérir trop vite.
Ce fut avec méfiance qu'elle regarda le médecin
rédiger son ordonnance sur la petite tablette d'acajou.
Cachets, gouttes, gargarismes... Elle n'aurait pas
toujours Maman, grand-mère ou Ernestine derrière
son dos. Trompant leur surveillance, elle s'arrangerait
pour prendre le moins de médicaments possible.
Peut-être, avec un peu de chance, pourrait-elle
ainsi tenir jusqu'aux vacances de Pâques.

Henri Troyat
Viou

- Avez-vous fait un jour semblant d'être
malade ? Comment ?
- Avez-vous été content(e) ou déçu(e)
du résultat ?

Déjà elle avait été emplir une petite cruche au puits et l'avait placée auprès du lit de sa mère avec deux verres, deux assiettes, deux fourchettes ; elle posa son écuelle de riz à côté et s'assit sur le plancher, les jambes repliées sous elle, sa jupe étalée. « Maintenant », dit-elle, comme une petite fille qui joue à la poupée, « nous allons faire la dînette, je vais te servir. »

Malgré le ton enjoué qu'elle avait pris, c'était d'un regard inquiet qu'elle examinait sa mère, assise sur son matelas, enveloppée d'un mauvais fichu de laine qui avait dû être autrefois une étoffe de prix, mais qui maintenant n'était plus qu'une guenille, usée, décolorée.

Hector Malot
En famille, tome I

- Reconnaissez-vous tous les indices de la pauvreté dans ce texte ? Lequel est le pire ?
- Aimer sa mère. Aider sa mère. À une lettre près, c'est pareil. Inutile d'attendre que la vôtre tombe malade, n'est-ce pas ?

Je revois une enfant silencieuse que le printemps enchantait déjà d'un bonheur sauvage, d'une triste et mystérieuse joie... Une enfant prisonnière, le jour, dans une école, et qui échangeait des jouets, des images, contre les premiers bouquets de violettes des bois, noués d'un fil de coton rouge [...].

Colette
Les Vrilles de la vigne

- Vous sentez-vous emprisonné(e) à l'école ou à la maison quand il fait beau ?
- Avez-vous l'habitude d'échanger des choses avec vos ami(e)s ? Êtes-vous toujours satisfait(e) et sans regret ?

Mars

21

Un jour, brusquement, en rentrant de classe,
j'ai senti que le printemps était là. Il faisait bon,
un air tiède et doux. Je me sentais lourde et gênée
dans mon gros pantalon d'hiver.

Anna-Greta Winberg
Ce jeudi d'octobre

- Aimez-vous le retour du printemps ?
- Êtes-vous d'accord avec vos parents
sur la façon de vous habiller suivant
le temps qu'il fait ? Où est le problème ?

22

Pendant la classe. Quand il vient des envies de
s'évader. M'sieu, m'sieu, j'ai envie. M. Riocreux
ne se laisse pas faire. Tu n'avais qu'à prendre
tes précautions avant. Une fois, une fille a fait pipi
dans sa culotte. M'sieu, je suis malade, sivouplaît,
ça presse. La classe intervient. On lève le doigt :
M'sieu, c'est Henri, il peut plus tenir, il est malade.
Malade, mon œil. Il n'est pas plus malade que moi.
Fabienne rigole ouvertement.

Jean-Noël Blanc
Fil de fer, la vie

- « J'ai envie », « ça presse » : utilisez-vous
ce genre de phrases ?
- Est-ce que vous voyez souvent toute une
classe prendre la défense d'un élève ? Quel
est le résultat ?

23

Voici que je vais pouvoir m'abandonner à ma passion
de méditation solitaire. Les propos et les lubies
de mon père, les chagrins et les regrets de ma mère,
je suis sauvagement, et pour une saison, délié
de tout cela. Je quitte la maison à la pointe du jour.
J'ai ma canne à pêche, mes lignes, ma musette,
et, parfois, un livre, parfois une lichette de pain.
Je gagne, d'un pas vif, la rivière...

Georges Duhamel
Inventaire de l'abîme

- Qu'est-ce que les vacances de printemps
ont de mieux que les autres?
- Aimez-vous ou détestez-vous être seul(e)?
Pourquoi?

Par la grille entrouverte, je me suis glissé dans
le jardin des Tuileries et j'ai attendu sur un banc,
en bordure de la grande allée, que le jour se soit tout
à fait levé. Personne. Sauf les statues. Pas d'autre
bruit que celui du jet d'eau du bassin et le piaillement
des oiseaux au-dessus de moi, dans le feuillage
des marronniers. Là-bas, émergeant de la brume
de chaleur, le kiosque de bois vert, où j'achetais
des sucreries du temps de mon enfance, était fermé,
peut-être définitivement.

Patrick Modiano
Quartier perdu

- Prenez-vous du plaisir à contempler
la nature ? À l'écouter ? À la respirer ?
- Fréquentez-vous un kiosque à sucreries ?
Vous en souviendrez-vous devenu(e)
grand(e) ?

J'avais huit ans. Dès que je le pouvais, je me réfugiais dans le square, pas très loin de la cité que j'habitais. C'est là, sur un banc, mes crayons en main, que je réinventais le monde...

Thierry Lenain
Le Magicien du square

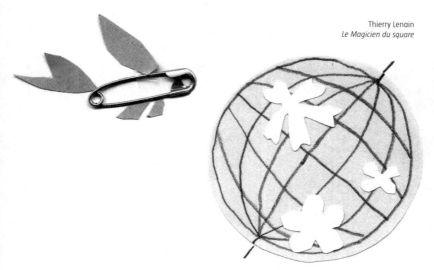

- Quel est votre refuge à l'extérieur ?
- Comment réinventez-vous le monde ?

Mes grandes émotions étaient : je marche un jour
sur un chemin ; sans faire exprès, j'écrase une fourmi.
– Pourquoi moi ? Pourquoi ce jour-là ? Pourquoi
cette fourmi ?
Et voilà tout le vertige de mon existence.

Frédéric Pajak
Le Chagrin d'amour

- Quelles sont vos « grandes émotions » ?
- Les questions sur la vie et la mort vous
donnent-elles aussi parfois le vertige ?

27

La dernière semaine de mars apporta avec elle les rouges-gorges et un temps si chaud que toute la famille travaillait dehors sans manteau ni veste. La neige qui restait fondit en un clin d'œil. L'eau de la fonte inonda les champs, puis, en quelques jours, le soleil et les vents chauds séchèrent le sol.

Jane Resh Thomas
Je n'aurai plus jamais de chien

- Combien de noms d'oiseaux pouvez-vous citer ?... C'est tout ?
- Quel est votre oiseau préféré ?

Depuis qu'il avait peint en vert sa boîte de pêche, il avait décidé de peindre le cabanon de la même couleur. Sauf que le pot était vide à présent.
Mais il avait pensé à garder le couvercle témoin, afin d'acheter, le moment venu, la couleur identique.
La construction d'un cabanon représentait beaucoup de travail, mais, au moins, il en serait l'unique propriétaire.

Hubert Mingarelli
Vie de sable

- Avoir un cabanon à vous, en rêvez-vous ?
- Si vous aviez été l'un des «trois petits cochons» du conte, en quoi auriez-vous eu le courage de construire votre maison ?

Il y a eu un grand silence. Je me suis mise à regarder une pomme de pin, isolée au bout de la plus haute branche du pin. Je me demandais si elle allait nous tomber sur la tête. J'aurais voulu qu'elle tombe. Cela m'aurait donné un prétexte pour dire quelque chose. William avait sorti un lacet de sa poche et s'absorbait dans la confection d'un nœud de marin.

Pierrette Fleutiaux
Trini fait des vagues

- Gardez-vous le souvenir d'un moment semblable ? Par quoi fut-il interrompu ?
- Qu'êtes-vous capable d'inventer avec un lacet ?

Une odeur de gazon écrasé traîne sur la pelouse,
non fauchée, épaisse, que les jeux, comme une
lourde grêle, ont versée en tous sens. Des petits
talons furieux ont fouillé les allées, rejeté le gravier
sur les plates-bandes ; une corde à sauter pend
au bras de la pompe ; les assiettes d'un ménage
de poupée, grandes comme des marguerites,
étoilent l'herbe ; un long miaulement ennuyé annonce
la fin du jour, l'éveil des chats, l'approche du dîner.

Colette
« La Petite », *La Maison de Claudine*

– Pourriez-vous imaginer d'autres traces
du passage des enfants ?
– Faut-il vous crier dessus pour que vous
rangiez vos jeux et vos affaires ? (Non ?
Vous devriez être dans le *livre des records* !)

227

31

Joan se sert un petit bol de cornflakes, elle
n'essaie même pas de verser en douce plus
que la cuillère de sucre permise.
– Quelque chose ne va pas, Joan ? demande
M'man en fronçant les sourcils.
– Est-ce qu'il y a des choses qui vont bien ?
rétorque Joan.

Jacqueline Wilson
Les Queues de radis

- Que signifie « cornflakes » ? En quelle
langue ? Allez voir sur un paquet...
- Trouvez-vous que rien ne va ? À qui
en parlez-vous ? Cela vous soulage-t-il ?

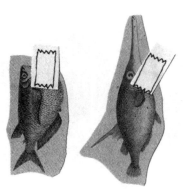

1

1er avril

Drôle de poisson d'avril ! Tout va mal. D'abord qu'est-ce qu'on fait ici, Pierre et moi ? D'habitude, à Pâques, on va au ski avec papa et maman. Cette année, mamie est venue nous chercher en voiture. Je n'aime pas sa façon brusque de conduire.

Brigitte Peskine
Le Journal de Clara

- Avez-vous accroché un poisson d'avril dans le dos de quelqu'un ? Vous l'a-t-on fait ?
- Tous les poissons d'avril sont-ils forcément drôles ?

Au début du mois d'avril, il s'est mis à pleuvoir
pendant trois jours de suite. Finie la patinoire, finie
aussi la saison de hockey. Il pleuvait tellement fort
que nous ne pouvions même pas jouer au hockey-
balle dans la rue ou dans la cour de l'école.
On pouvait jouer au Monopoly ou au hockey sur
table, bien sûr, mais ce n'était pas aussi drôle.
C'est à ce moment-là que je me suis rendu compte
que mes anciens amis ne savaient pas faire autre
chose que de jouer au hockey. Quand je leur proposais
d'aller emprunter des livres à la bibliothèque,
ils me regardaient comme si j'étais un fou.

François Gravel
Klonk

- Êtes-vous toujours d'accord pour
jouer aux mêmes jeux que vos ami(e)s ?
- Quel est votre passe-temps les jours
de pluie ?

231

3

– Mon père dit qu'on s'arrache les yeux,
quand on lit dans le noir.
J'imaginais quelqu'un tirer mes yeux hors
de mes orbites et je frissonnais.

Brigitte Peskine
Ça s'arrangera

- Y a-t-il une expression d'adulte que
vous avez prise à tort au sérieux quand
vous étiez petit(e) ?
- Souvenez-vous d'un mot, d'une phrase
qui vous a fait très peur.

Avec une torche électrique c'est facile de bouquiner sous les draps à l'heure de dormir. Clément Dumoulin le grand-père [...] lisait comme un fou avant d'être enfermé. Fallait l'entendre après raconter ses histoires de sur les flots bleus qui se mélangeaient avec les histoires sur le papier.

Annie Saumont
« Est-ce que ça existe l'Australie », *Embrassons-nous*

- Lire sous les draps : connaissez-vous ce plaisir ?
- Est-il vrai que « lire comme un fou » est dangereux ? Qui lit le plus dans votre famille ? Vous ? Bravo !

Avril

5

Je n'ai jamais gratté la terre ni quêté des nids, je n'ai pas herborisé ni lancé des pierres aux oiseaux. Mais les livres ont été mes oiseaux et mes nids, mes bêtes domestiques, mon étable et ma campagne ; la bibliothèque, c'était le monde pris dans un miroir [...].

Jean-Paul Sartre
Les Mots

- Comment la lecture peut-elle remplacer la nature ?
- Quelles sont vos activités préférées à la campagne ?

6

– Et qu'est-ce qu'on va faire avec nos têtards ?
a demandé Clotaire.
– Ben, a répondu Rufus, on va les emmener
chez nous, on va attendre qu'ils grandissent
et qu'ils deviennent des grenouilles, et on va faire
des courses. Ça sera rigolo !

René Goscinny et Jean-Jacques Sempé
« King », *Les Récrés du petit Nicolas*

- Savez-vous combien de temps un têtard
met à devenir grenouille ? Renseignez-vous.
- Avez-vous déjà organisé une course
avec d'autres animaux ? Lesquels ?
Était-ce « rigolo » ?

235

7

À deux pas d'une prairie où caracolaient des
chevaux, sur un immense tapis de pâquerettes,
on mangea des œufs durs et des sandwiches
au fromage. Comme dessert, on fit une petite
sieste dans l'herbe.
Puis, par des sentiers de framboises et parmi des
vols de papillons, elles descendirent vers le lac d'Eib.

Erich Kästner
Deux pour une

- Qu'aimez-vous manger en pique-nique ?
- Êtes-vous d'accord pour la « petite sieste »
en dessert ?

Il n'y a pas de Père Noël, pas de saint Nicolas...
pas plus que de cloches de Pâques.
– De cloches de quoi ? demanda Frédéric.
– On raconte qu'à Pâques, ce sont les cloches
qui apportent les œufs en chocolat, expliqua
Mme Bartolotti. Mais tout ça, c'est des contes à
dormir debout inventés par les parents, les grands-
parents, les oncles et les tantes.
– Pourquoi ?
– Que veux-tu que j'en sache ! répondit Mme Bartolotti.
Les adultes ont certainement envie de se faire
plaisir en racontant des idioties à leurs enfants.
Ils se croient probablement intelligents et drôles.

Christine Nöstlinger
Le Môme en conserve

- Les cloches ne sont pas toujours celles
qu'on pense... Croyez-vous à celles de Pâques ?
- Faites la liste des « idioties » que racontent
les parents.

9

C'est le printemps partout. Les jacinthes commencent
à s'ouvrir sous le tilleul et les primevères aussi
autour de la grange. Il y a un bouton de tulipe jaune
devant la pompe, mais j'ai tiré sur les pétales pour
qu'ils s'ouvrent plus vite et ça l'a un peu fatigué.

Anne Trotereau
Journal de Ninon Battandier

- Pour vous, quel est le premier signe
du printemps ?
- Combien de fleurs de printemps pouvez-
vous nommer ?

10

C'était un bel après-midi d'avril. Le soleil caressait les buissons de forsythias de ses rayons dorés. Chaque petite fleur semblait séparément illuminée. Une douce odeur de gazon flottait dans l'air. La pierre du perron était tiède, sous mon jean. Tout à coup, ce moment ordinaire – Pamela et moi assises sur les marches, Nora roulée en boule dans le jardin, l'annonce du printemps – me parut si beau que j'en fus étourdie.

Betty Miles
Adieu mes douze ans

– Avez-vous oublié de citer « forsythia » à la page d'hier ?
– Savez-vous respirer l'odeur du gazon ? Mettre vos fesses au chaud ? Admirer la beauté ?

Deux jours après la chasse à l'œuf de Pâques
de la famille, Peter se trouvait dans sa chambre,
sur le lit, s'apprêtant à manger son dernier œuf.
C'était le plus gros et le plus lourd, raison pour
laquelle il l'avait gardé en dernier. Il le dépouilla
de son emballage de papier aluminium argent
et bleu. L'œuf avait presque la taille d'un ballon
de rugby.

Ian McEwan
Le Rêveur

- Combien de minutes résistez-vous devant
un œuf en chocolat ?
- Êtes-vous du style à exagérer « un peu »
quand vous racontez quelque chose ?

– Écoutez, mes poussins, je ne veux pas qu'on se dispute, je n'ai pas envie qu'on soit fâché. Alors, voilà. [...] Si sur votre prochain bulletin je vois que vous êtes tous les deux premiers de la classe, je vous achèterai un animal, et même deux, un pour chacun.

– Génial, crie Charles ! Merci, Maman.

Brigitte Smadja
Drôles de zèbres

– Une mère qui évite de se fâcher, qu'en pensez-vous ?

– La récompense des bons résultats scolaires, qu'en pensez-vous ? Est-ce « bête » ?

Mon petit papa chéri,
Je jure que je m'occuperai du chien, tout le temps.
S'il est malade, s'il attrape la varicelle, c'est moi
qui le soignerai. Tu n'auras même pas besoin d'aller
chez le pharmacien. Mais de toute manière, je ferai
tellement attention qu'il n'attrapera pas la varicelle.
Alors comme ça, je peux le garder. Dis oui, Papa.
Je t'en supplie.

Claude Gutman
Toufdepoil

- Que seriez-vous prêt(e) à promettre
pour avoir quelque chose que vous désirez
terriblement ? L'écririez-vous dans une
lettre ? À qui ?
- Connaissez-vous d'autres maladies
infantiles ? Vite, à votre carnet de santé !

[...] Éponine, qui était l'aînée, emmaillotait le petit chat, malgré ses miaulements et ses contorsions, avec une foule de nippes et de guenilles rouges et bleues. [...]

– Vois-tu, ma sœur, cette poupée-là est plus amusante que l'autre. Elle remue, elle crie, elle est chaude. Vois-tu, ma sœur, jouons avec. Ce serait ma petite fille. Je serais une dame. Je viendrais te voir et tu la regarderais. Peu à peu tu verrais ses moustaches, et cela t'étonnerait. Et puis tu verrais ses oreilles, et puis tu verrais sa queue, et cela t'étonnerait. Et tu me dirais : Ah ! mon Dieu ! et je te dirais : Oui, madame, c'est une petite fille que j'ai comme ça. Les petites filles sont comme ça à présent.

Victor Hugo
Les Misérables, tome II : *Cosette*

– Avez-vous déjà habillé un animal ?
Si cela a mal fini, n'est-ce pas normal ?
– Combien connaissez-vous de mots autres que « nippes » et « guenilles » pour dire « vêtements sales usagés » ? (Au moins quatre !)

Rép. « chiffons », « défroques », « haillons », « loques », « frusques »...

243

D'abord j'ai regretté de ne pas avoir un poisson rouge, comme tout le monde. Et puis Jimmy m'a mis dans les mains un bocal en verre. Dedans, il y avait de l'eau et trois cailloux. Une toute petite tortue verte dormait sur le plus gros caillou. Tous les copains ont regardé leur poisson rouge. Je savais ce qu'ils pensaient. Ils auraient bien voulu comme moi avoir gagné une toute petite tortue verte.
Sur le chemin du retour, après la fête de Jimmy, j'ai baptisé ma tortue Dribble.

Judy Blume
C'est dur à supporter

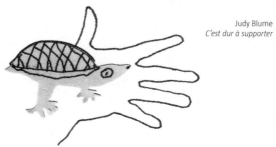

- Comment sent-on que le narrateur a de la tendresse pour sa tortue ?
- Avez-vous déjà nommé un animal ?

Je voulais un petit chien.

J'ai eu un petit frère.

Je n'ai pas pu discuter. Papa a dit :

– Pas question de chien à la maison, voyons, tu vas avoir un petit frère. Devine comment on va l'appeler : Simon ! Ça te plaît ?

Ça ne m'intéressait pas. Mon chien, moi, je lui avais trouvé un nom : Roxy.

Bernard Friot
Nouvelles Histoires pressées

- Vous rêviez d'un chien, vous ne l'avez pas eu... Pourquoi ?
- Vous ne rêviez pas d'un petit frère, d'une petite sœur, vous l'avez eu(e)... Pourquoi ? Trouvez-vous que le monde est mal fait ? L'acceptez-vous ?

245

Dans l'entrée, le chien blanc de mes rêves dormait. Il a relevé la tête à notre approche. Ses bons gros yeux bruns, énormes, m'ont dévisagé. Il s'est levé et il est venu à notre rencontre. Il a posé sa tête contre les jambes d'Élie et il est resté là, soumis, plein d'amour pour son jeune maître qui lui caressait tendrement les oreilles.

– Mon chien, mon bon gros chien... murmurait Élie avec tendresse.

Je les regardais, la gorge nouée d'émotion. Ce chien était le meilleur ami d'Élie, mais qui était le mien ?

Jo Hoestlandt
Mon Meilleur Ami

- Aimeriez-vous avoir un chien comme ami ? Pourquoi ?
- Qui est votre meilleur(e) ami(e) animal(e) ? Et humain(e) ?

[...] « C'est fini, on n'est plus tes amis ! »
Ils ne parlèrent plus du tout à Jacob. Et après
l'école, sur le chemin du retour, ils ne marchaient
plus comme autrefois à côté de Jacob, mais se
tenaient trois pas derrière lui et chantaient :
« Jacob l'affreux rouquin
a des vrais poils de chien !
Jerson le maigrichon
a fait dans son caleçon ! »
Jacob pleurait quand il rentrait chez lui.
Et sa mère ne savait pas comment le consoler.

Christine Nöstlinger
Jacob, Julia et Jéricho

- Celui qui attaque quelqu'un pour la couleur de
ses cheveux, de sa peau, pour ses origines, pour
ses croyances, etc., porte un nom. Lequel ?
(Indice : cela commence par « r » comme
« révoltant », « répréhensible ».)
- L'êtes-vous ? En connaissez-vous ?
Que faites-vous contre ?

- Rép. Un raciste.

Avril

19

Pif, paf, slash, blurp ! il les tue tous, les méchants, les affreux, les bandits et compagnie. Sur l'écran de la PlayStation, il les zigouille, les écrabouille et les carabistouille. Tiens, celui-là, une rafale de mitraillette, ratatata ! Et ce gros baraqué, zzoup, zzap ! Une prise de karaté, il est cassé !

Bernard Friot
Nouvelles Histoires minute

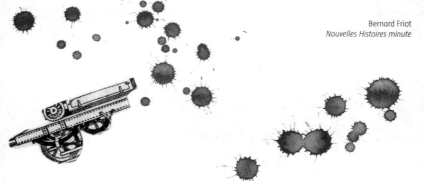

- Combien de verbes connaissez-vous pour dire « tuer » ? À votre avis, pourquoi en existe-t-il autant ?
- Vous défoulez-vous sur des jeux vidéo ? Est-ce bien ? Est-ce nul ? Un peu les deux ?

248

Ils s'endormirent fort tard, ce soir-là. Le palais, la forteresse, le temple, la cabane hantaient leur cerveau en ébullition. Leurs imaginations vagabondaient, leurs têtes bourdonnaient, leurs yeux fixaient le noir, les bras s'énervaient, les jambes gigotaient, les doigts de pieds s'agitaient.

Louis Pergaud
La Guerre des boutons

– rép. « Sommeil », « sommoler », « insomniaque », « sommnambule », « somnifère »...

– Est-ce que des projets vous ont déjà empêché(e) de dormir ?
– Combien pouvez-vous trouver de mots de la famille d'« insomnie » ? Cherchez-les, ce sera plus efficace que compter les moutons !

21

Soudain, il me fut impossible de retrouver combien les baleines ont de jambes. Je me couchai de tout mon long sur le plancher, position qui m'est particulièrement favorable pour réfléchir, et je réfléchis.

Erich Kästner
Émile et les détectives

- Retrouvez une chanson de votre enfance où les bateaux avaient des jambes.
- Si vous êtes en panne, demandez à un petit de vous la chanter...

22

Il y a dans la vie des moments bienheureux
où des réponses viennent sans qu'aucune question
n'ait été posée. Ce sont des moments magiques.
La vie est évidente. C'est rare. C'est précieux.

Jeanne Benameur
La Boutique jaune

- Fermez les yeux et souvenez-vous
d'un « moment bienheureux », d'un
« moment magique ».
- Cela vous arrive-t-il souvent ? Non ?
Vous n'êtes pas le (la) seul(e) !

Content de ma petite virée, je remontai à l'étage et m'installai confortablement avec mon magazine sur le lit, en me calant avec des coussins. Mais je commençais à peine à compter les dents du Protocératops sur la première page, que ma tête versa sur le côté et que je m'endormis comme une masse.

Jean-Marie Firdion
Kidnapping

- Rép. «tyrannosaure», «dinosaure», «ichtyosaure», «iguanodon», «ptéranodon», «diméthodon», «diplodocus»…

- Comment vous sentez-vous le plus confortable ?
- Avez-vous vécu aussi une « crise préhistorique » ? Si oui, pouvez-vous citer au moins sept noms d'animaux préhistoriques ?

En remontant la rivière, Ivan se dit que c'est
un peu comme s'il entrait dans un film de Tarzan.
De grandes lianes pendent aux branches
des arbres. Les troncs disparaissent derrière
les épaisses broussailles. La surface de la petite
rivière miroite et se fragmente en vaguelettes qui
s'effacent brusquement sur de mystérieuses mares
où Ivan repère des formes sombres de poissons.
Certains arbres portent des fleurs odorantes.
Malgré le soleil brûlant, il fait frais sous la mousse
d'Espagne, les lianes et les fleurs.

Paula Fox
Portrait d'Ivan

- Avez-vous déjà joué à Tarzan ? Poussez
son cri !
- Avez-vous rencontré une rivière que vous
avez aimée ? Vous a-t-elle inspiré des rêves
et des poèmes ?

Mon père m'avait averti :
– Amuse-toi, va où tu veux. Ce n'est pas la place
qui te manque. Mais je te défends de courir
du côté de la rivière.
Et ma mère avait ajouté :
– À la rivière, mon enfant, il y a des trous morts
où l'on se noie, des serpents parmi les roseaux
et des Bohémiens sur les rives.
Il n'en fallait pas plus pour me faire rêver
de la rivière, nuit et jour. Quand j'y pensais,
la peur me soufflait dans le dos, mais j'avais
un désir violent de la connaître.

Henri Bosco
L'Enfant et la rivière

- Quels lieux vous sont interdits ?
Désobéissez-vous ? Pourquoi ?
- Pourquoi suffit-il que quelque chose soit
interdit pour qu'on en ait encore plus envie ?

Dans ses promenades, il découvrait mille choses
qui l'enchantaient, d'abord les oiseaux et leurs cris
différents, puis la vie mystérieuse de la terre,
des fourmis, des insectes, des plantes, des baies
inconnues aigrelettes et sucrées, les fleurs...
celles des bois, celles des champs, celles qui
poussent dans la steppe, les grands iris noirs des
bords de la rivière, les coquelicots parmi le blé...
Le moindre brin d'herbe, à présent, le passionnait,
le retenait immobile, captivé pendant des heures.

Irène Némirovsky
Un enfant prodige

Rép. Au mot « steppe ».

- Quelles sont les « mille choses »
de la nature que vous adorez ?
- À quel mot voit-on que le texte
se passe loin d'Europe ?

On n'imagine pas le parti qu'on peut tirer d'un simple morceau de bois, d'une branche cassée, comme on en trouve le long des haies. (Quand on en trouve pas, on en casse.) C'était la baguette des fées. Longue et droite, elle devenait une lance, ou peut-être une épée, il suffisait de la brandir pour faire surgir des armées. Christophe en était le général, il marchait sur elles, il leur donnait l'exemple, il montait à l'assaut des talus. Quand la branche était flexible, elle se transformait en fouet. Christophe montait à cheval, sautait les précipices. Si la baguette était petite, Christophe se faisait chef d'orchestre ; il était le chef, et il était l'orchestre ; il dirigeait, et il chantait ; et ensuite, il saluait les buissons, dont le vent agitait les petites têtes vertes.

Romain Rolland
Jean-Christophe

- Dans la suite du texte, Christophe imagine encore d'autres fonctions à son bâton.
À votre avis, lesquelles ?
- Avez-vous déjà été inspiré(e) par un simple bâton ? Cela vous étonne-t-il ?

Il se dirigea vers le petit jardin qui bordait la maison.
C'était là que sa mère, son père et lui s'étaient
relayés pour creuser le sol gelé avec une pioche,
avant d'enterrer Capitaine, entre les iris et les rosiers
grimpants. Il enroula soigneusement le collier
et la laisse et les posa sur le sol.

Jane Resh Thomas
Je n'aurai plus jamais de chien

- Avez-vous, vous aussi, enterré un animal ?
Étiez-vous triste, seul(e) ?
- L'auteure n'écrit pas de quel animal il
s'agit, et pourtant vous le savez. Sauriez-vous
évoquer un animal sans dire son nom ?

La cabane était dévastée, pillée, ravagée, anéantie. Des gens étaient venus là, des ennemis, les Velrans assurément ! Le trésor avait disparu, les armes étaient cassées ou dérobées, la table arrachée, le foyer démoli, les bancs renversés, la mousse et les feuilles brûlées, les images déchirées, le miroir brisé, l'arrosoir cabossé et percé, le toit défoncé [...], le vieux balai dérobé au stock de l'école, plus dépaillé et plus sale que jamais, dérisoirement planté en terre au milieu de ce désordre, comme un témoin vivant du désastre et de l'ironie des pillards.

Louis Pergaud
La Guerre des boutons

- Comment réagissez-vous face à la violence et à la méchanceté ? Êtes-vous content(e) de votre attitude ?
- A-t-on déjà détruit exprès ce à quoi vous teniez ? Qu'avez-vous fait ? Feriez-vous différemment aujourd'hui ?

Je ne me connaissais plus ; ma fureur décuplait mes forces ; je le cognai, le bousculai, le tombai aussitôt. Puis, quand il fut à terre, ivre de mon triomphe, je le traînai à la manière antique, ou que je croyais telle ; je le traînai par la tignasse, dont il perdit une poignée. Et même, je fus un peu dégoûté de ma victoire, à cause de tous ces cheveux gras qu'il me laissait entre les doigts, mais stupéfait d'avoir pu vaincre.

André Gide
Si le grain ne meurt

- Avez-vous été en fureur ? À quelle(s) occasion(s) ? Le regrettez-vous ?
- « Colère », « rage »... Quels autres mots connaissez-vous pour nommer cet état ?

vaši ru...
a formalit... klesám...
...u ruku a... své srdce!«
...ed mladou dív...

...kové vyznání, a...
...ko pana de Cha...
...ožně zůstati v...
...pravena ...prop...til r...ne.« ...jako
...ti do rozp...
...vila, snažíc se
...e byl tak las...
...bial mladou dívku be...

...šnější markýzka
— Jenom n...
...u. Přemýšle...sem ...
...la mu do...
...inesu vás.
...Přináším
...de Gonzaga...
...Cruz,
...lil ... ...řece ...
...která je ...luvit...
...ším... ...cerou ...ýti
...na

...rny, ». ...e to rozk...
...ám bůh... ...ván...ještě...
...ním ...s ...mluvit...
...te ...mám ...m více
...vas...
...á, vyslec...
...u své m...
...k ni ihn...ěd...
...malá ...couzskému šlechtit...
...ří půl tu...

1

Du muguet... Lise n'en avait guère vu que chez
les fleuristes, ou encore dans la rue, le 1er mai :
des clochettes blanches, au bout d'une tige légère
autour de laquelle de grosses feuilles étaient
ficelées. Comment poussait-il, tout là-bas, sous
les branches ? Cela devait sentir bien bon...

Colette Vivier
La Porte ouverte

- Quel est le parfum de fleur que vous
préférez ?
- Aimez-vous offrir des fleurs ? À qui ?

Elle aimait les jeux de garçons et venait parfois se joindre à nous, près du Danube. Elle se jetait dans nos courses, nos fuites, nos attaques, comme si elle en avait elle-même construit les règles secrètes. Tout était plus dense, plus fort, dès qu'elle était avec nous. Elle ne parlait pas beaucoup, mais, peu à peu, c'est elle qui donnait des ordres et devenait le centre de notre petit groupe.

Françoise Legendre
Le Petit Bol de porcelaine bleue

- Comment définiriez-vous un jeu de garçons et un jeu de filles ?
- Les jeux ont-ils un sexe ?

Mci

3

Oui, elle aurait pu être le chef. Elle a ce qu'il faut pour ça dans la tête et dans le cœur. Elle n'a pas peur. Qu'ils y viennent, les bouffons des bandes d'à côté, qu'ils essaient de choper la brique pour la détruire comme ils ont déjà menacé de le faire ! Ils trouveraient à qui parler ! Yasmina, la rage l'étouffe quand elle les voit jouer les caïds et raconter que les grands frères, ils vont avoir la Mercedes machin vite fait avec les p'tits trafics. Ah ! y a de quoi être fiers, tiens !

Jeanne Benameur
Pourquoi pas moi ?

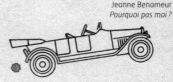

- Préférez-vous faire bande à part ou faire partie d'une bande ?
- Pourquoi, en français, n'y a-t-il pas de féminin à « chef » ? Avez-vous remarqué qu'il manque de nombreux féminins aux noms de métiers ?

264

4

Et voilà la bande à Oscar qui attaque les filles.
Ils sont trois, ils crient, ils soulèvent les jupes
des filles, ils jouent à faire semblant d'essayer
de les embrasser, et ils jettent des marrons.

Geneviève Brisac
Olga n'aime pas l'école

- Il y a un chanteur qui chante sous
les jupes des filles. Qui est-ce ?
(Indice : son nom commence par...
« sou », justement !)
- La curiosité des filles est-elle semblable
à celle des garçons ? Différente ?

- Rép. Alain Souchon.

La porte du vestiaire a été ouverte avec une telle violence que les cloisons du préfabriqué tremblaient. Je n'ai rien vu, j'ai senti mon cœur battre. Quand j'ai compris que le gros Didier était entré dans notre vestiaire et qu'il fonçait sur moi, les battements accélérés du sang ont rempli mes oreilles et recouvert les cris aigus des filles.

Virginie Lou
Je ne suis pas un singe

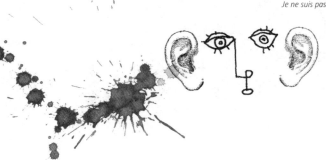

- Que pensez-vous de l'agression subie ?
- Comment votre corps réagit-il lorsque vous avez très peur ?

Le vestiaire sentait... le vestiaire. Un pot-au-feu d'odeurs de transpiration mélangées à celles de chaussettes pas nettes, de T-shirts trop longtemps portés et de nettoyant pour carrelage passé le matin même.

Hubert Ben Kemoun
Foot d'amour

- Quelle est votre liste personnelle des choses qui puent ?
- Imaginez votre pire recette de « pot-au-feu d'odeurs ».

Mai

7

Chère Élodie,

Inutile d'user ton papier, ton stylo, tes enveloppes
et tes timbres pour me traiter de « maboule ».
Et toi, ta Milène, tu sais comment je l'appelle ?
Mademoiselle Prout-la-la.

Évelyne Reberg
Kalinka Malinka

- Avez-vous déjà écrit une lettre d'insultes ?
Une lettre d'amour ?
- Inventez un ou plusieurs surnoms ridicules.

« Il n'existe pas d'enfants méchants », a dit un jour
une spécialiste à la radio. Elle n'y connaissait rien.
Les enfants sont odieux, certains jours. Après tout,
c'est leur droit !

Anna-Greta Winberg
Ce jeudi d'octobre

- Revendiquez-vous le droit d'être
odieux(se) ? Pourquoi ?
- Quelles sont les limites que vous
vous imposez ?

La gym aussi, c'est fatigant. Le mardi, on a maths,
juste après la gym. Mardi dernier, Morgane s'est
endormie. Elle ronflait pendant l'explication de
la différence entre la droite, la demi-droite et le
segment. Morgane en fait toujours trop au cours
de gym et à la piscine.
Elle a eu un zéro en maths. C'est dangereux, le sport.

Brigitte Smadja
Qu'aimez-vous le plus au monde ?

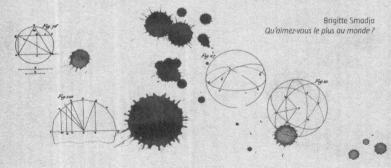

- Avez-vous déjà ronflé en classe ?
Pourquoi ?
- Êtes-vous d'accord avec l'idée que
le sport, c'est dangereux ?

Je n'oublierai jamais le vendredi dix mai. C'est le jour le plus important de ma vie. Je ne m'en doutais pas quand il a commencé. Il a commencé comme un jour normal. Je suis allé à l'école. J'ai déjeuné. J'ai eu gym. Et puis je suis rentré à la maison avec Jimmy Fargo. Nous avons décidé de nous retrouver sur notre rocher dans le parc dès que nous nous serions changés.

Dans l'ascenseur, j'ai dit à Henry que j'étais content que l'été approche. Il m'a dit que lui aussi.

Judy Blume
C'est dur à supporter

- Y a-t-il eu pour vous un jour inoubliable ? Pourquoi ?
- Imaginez ce qui est arrivé d'important au personnage.

Ce qui me déplaît de cette histoire, c'est qu'au départ
Sébastien F. était mon copain.
– Un type de quatorze ans n'est pas le copain
d'un gosse de onze ans, m'a rétorqué mon frère.
– Tu sais ce qu'il te dit le gosse ?

Marie-Aude Murail
Le Défi de Serge T.

– Vous a-t-on déjà « piqué » un copain ou
une copine ? Qui a osé ? Qu'avez-vous fait ?
– Imaginez la réponse du « gosse » sans
vous gêner, et le reste du dialogue pour
vous défouler.

Mai

12

À présent, Alexis garde sa radio branchée
en permanence sur une station de jazz de New York.
Il la fait beugler tellement fort que, même si je
frappais chez lui, il ne m'entendrait pas. Alors, j'évite
de frapper. C'est drôle de pouvoir dire ça à propos
de mon propre frère qui vit sous le même toit que
moi – mais Alexis me manque.

Betty Miles
Adieu mes douze ans

- Qui fait « beugler » la radio chez vous ?
Si c'est vous, pourquoi ?
- Y a-t-il quelqu'un qui vous manque
sous votre propre toit ?

13

Le 13 me porte chance pour une fois. Levé midi.
Maison pour moi. Zapping à fond. Tartines
et chocolat. Regardé un vieux western à la télé
pendant que les autres ont cours avec Robineau :
la vie commence à ressembler à quelque chose.

Fanny Joly
Premier Rôle masculin

- Êtes-vous superstitieux(se) ? Quels
sont vos porte-bonheur ?
- Tout le monde au travail ou à l'école,
vous seul(e) à la maison... Rêvez !!!

Après qu'on avait bien bâfré, qu'il restait que les miettes coincées dans les banquettes, les papiers gras et les peaux de sauciflard, les bouteilles bien séchées et les noyaux de pêches sucés jusqu'à l'amande, on empaquetait tout dans les sacs en plastique et on balançait ça par la portière. Je parle de ça, c'était avant la pollution, on était encore les champions du pique-nique.

Chris Donner
Ma Coquille

- Traduisez ce texte en français « bien propre ». Est-il aussi vrai ?
- Êtes-vous sensible au problème de la pollution ? Que faites-vous pour cela ?

Pendant que ma sœur pousse le chariot du côté des yaourts et de l'épicerie, moi je me plante au rayon jouets, j'examine les nouvelles Barbie ou les nouvelles boîtes de « petits amis », ou je vais au rayon bicyclettes et je contemple les VTT, ou encore je vais fouiller dans les pulls, je les mets contre ma poitrine pour voir, personne ne me demande rien.

Pierrette Fleutiaux
Trini fait des vagues

- Quels sont vos plaisirs de supermarché ?
- Ne trouvez-vous pas que la petite fille « pousse » un peu, de laisser sa sœur pousser le chariot ? Connaissez-vous d'autres mots à double sens ? Allez, un effort !

Quand Olivier eut senti le rasoir égaliser les cheveux sur ses tempes, autour des oreilles et dans le cou (le moment qu'il détestait), il attendit le « Pas de friction ? » pour répondre : « Non, mais de la gomina ! » Son ambition était d'avoir une coiffure plate, brillante et calamistrée qu'on pût toucher du bout des doigts comme une plaque de caoutchouc.

Robert Sabatier
Les Allumettes suédoises

- La Gomina, c'était avant la laque et le gel. Aimez-vous vos cheveux plaqués ou hérissés ? Suivez-vous la mode ?
- Aimez-vous ou détestez-vous aller chez le coiffeur ? Comment survivre à une coiffure râtée ?

Le vent s'était levé, la pluie tombait. En quinze secondes de parc, Enid fut trempée des cheveux aux chaussettes. Les ourlets de son jean se mirent à peser vingt kilos, son pull la tira vers le bas.

Malika Ferdjoukh
Quatre Sœurs, tome I : *Enid*

- Le prénom Enid est un hommage de l'auteure à une autre auteure de littérature jeunesse qu'elle a lue quand elle était petite. Laquelle ?
(Indice : son nom commence par B, vous la connaissez, oui, oui !!!)
- Trouvez sept prénoms de fille commençant par E. (Vous pouvez tricher et regarder sur la couverture de ce bouquin !)

- Rép. Enid Blyton, auteure des Oui-Oui et Club des cinq.

Quand il y avait beaucoup de vent, je faisais des kilomètres sans pédaler. Je lâchais le guidon, j'ouvrais les bras en tenant les coins de ma cape, ça faisait comme une voile. J'avais l'impression d'être un cerf-volant. Je traversais à vol d'oiseau les champs de betteraves, les collines de l'Artois, j'étais bien dans le ciel.

Jean-Louis Fournier
J'irai pas en enfer

- «Vélo», «vent», «voler», «cerf-volant»... Trouvez un autre mot commençant par un «v» qui est souvent associé à ceux-là.
- Si vous n'avez pas un «cerveau lent», aimez-vous les jeux de mots tirés par les cheveux ? Par exemple, mélangez les lettres du mot «vélo» : que découvrez-vous ?

- Rép. «Vitesse».
- Rép. «Vélo volé» ou «Love» !

279

Averse averse averse averse averse averse
pluie ô pluie ô pluie ô ! ô pluie ô pluie ô pluie ! [...]
que la pluie est humide et que l'eau mouille et mouille !
mouille l'eau mouille l'eau mouille l'eau mouille l'eau
et que c'est agréable agréable agréable
d'avoir les pieds mouillés et les cheveux humides
tout humides d'averse et de pluie et de gouttes
d'eau de pluie et d'averse et sans un paragoutte
pour protéger les pieds et les cheveux mouillés
qui ne vont plus friser qui ne vont plus friser [...]

Raymond Queneau
« Il pleut », *Les Ziaux II*

- Connaissez-vous une comptine de pluie
un peu coquine ?
(Indice : « mouille » y rime avec « grenouille ».)
- Dans *Les Malheurs de Sophie*, de la comtesse
de Ségur, il y a une scène célèbre de coiffure
sous une gouttière. Si vous ne l'avez pas lue,
vous ratez quelque chose !

- Rép. « Il pleut il mouille / C'est la fête à la grenouille /
La grenouille a fait son lit dans la culotte à Jean-Marie /
Jean-Marie a pété / La grenouille a crevé. »

280

20

Dimanche 20 mai

Avec Paulette, on a été jusqu'à Champs-Dolent
à vélo. À l'aller, on a eu le vent contraire, mais
au retour, il nous poussait tellement qu'on avançait
sans les pédales. Dans la descente de la Billette,
on s'est lâchées des deux mains et on se tenait
par le coude en chantant « Étoile des neiges »,
une chanson qui vient de Paris. Mais au virage
on a dérapé et on s'est retrouvées aplaties sous
nos bicyclettes.

Anne Trotereau
Journal de Ninon Battendier

- Si vous ne l'avez jamais fait, chantez
en roulant à vélo !
- Trouvez quelqu'un pour vous chanter
Étoile des neiges (plutôt une personne
âgée, car c'est une chanson ancienne).

Je suis sortie de la classe et j'ai continué à rire toute
seule, comme une imbécile. J'avais mal au ventre.
Je me suis appuyée contre un mur pour reprendre
mon souffle.

Comme par hasard, c'est toujours au mauvais moment
que ça vous tombe dessus, ce genre de truc. Il suffit
qu'on se retrouve dans des situations où il faut
absolument rester sérieux pour qu'on soit dévasté
par un fou rire maladif !

Danièle Laufer
Je n'oublierai jamais ces moments-là

- Avez-vous déjà vécu « un fou rire
maladif » ? Était-ce agréable ou bien gênant ?
- Combien de mots familiers connaissez-
vous pour dire « rire » ?

– [...] mon nom est Laurie.

– Laurie Laurence, quel drôle de nom !

– Mon vrai nom est Théodore, mais je trouve ça affreux. Mes camarades de classe m'avaient surnommé Dora, et comme ça ne me plaisait pas, je me suis fait appeler Laurie.

– Moi non plus je n'aime pas mon prénom. Joséphine, c'est horriblement sentimental. Je voudrais bien que tout le monde m'appelle Jo. Comment avez-vous fait pour que vos camarades cessent de vous appeler Dora ?

– Je leur ai fichu une raclée.

Louisa May Alcott
Les Quatre Filles du docteur March

- Si vous détestez votre prénom, que faites-vous ? Avez-vous un prénom idéal ? un pseudonyme ?

- Avez-vous déjà été « obligé(e) » de mettre une raclée à quelqu'un qui se moquait de votre prénom ou nom ?

Soyez doux chaque jour avec votre mère. Aimez-la mieux que je n'ai su aimer ma mère. Que chaque jour vous lui apportiez une joie, c'est ce que je vous dis du droit de mon regret, gravement du haut de mon deuil.

Albert Cohen
Le Livre de ma mère

- Est-ce qu'il faut attendre la Fête des mères, un jour par an, pour montrer à la sienne qu'on l'aime ?
- Dans combien de langues savez-vous dire « maman » ? C'est tout ? Faites des recherches !

– Qu'est-ce qui t'arrive, mon potiron, t'as encore eu une sale note ?

– Mais non ! Laisse tomber ! j'ai dit à ma pauvre mère, et j'ai fermé la porte d'un coup de talon, et j'ai lâché mon cartable qui s'est écrasé avec un « plotch » en plein milieu de l'entrée.

Ma mère, avec ses yeux trop noirs de voyante extralucide, elle veut toujours savoir comment je vais. Ce doit être l'amour maternel, à ce qu'on dit, mais ça me dégoûte.

Évelyne Reberg
La Rédac'

– Combien de surnoms affectueux mais ridicules vous donne votre famille ? Protestez-vous ?

– Si vous avez une mère « extralucide », que faites-vous pour vous mettre à l'abri ?

– J'ai eu 10 en calcul, raconte Thomas.
Et 9 1/2 en dictée. J'ai fait une demi-faute.
– Laquelle ?
– Voyage. J'ai écrit avec deux « l ».
– Deux ailes pour voyager c'est normal,
tu es un poète.
Sans savoir exactement ce qu'est un poète,
Thomas en est assez fier.

Chris Donner
Je mens, je respire

– L'un de vos parents vous a-t-il déjà
félicité(e) pour une faute d'orthographe ?
– Y a-t-il d'autres mots où deux « l »
feraient plus poétique ?

Lorsqu'à l'école le maître a dicté le sujet pour
un contrôle de géo, écrivant *Australie* au tableau,
lui il a rien voulu dire, il a rien mis sur son cahier.
Il a bafouillé, Est-ce qu'on sait. Il a eu à copier
cent fois que l'Australie est un territoire de
7 631 668 kilomètres (carrés, en plus). Les villes
principales sont Sidney et Melbourne. La capitale
est Canberra, il a copié cinquante fois, avec un
seul r ou deux.
Le maître a soupiré très fort, a décidé que ça suffit
et a marqué *Vu* sur la page. En déclarant que
maintenant tu sauras.
Il a dit oui poliment. Pour pas être encore puni.

Annie Saumont
« Est-ce que ça existe l'Australie », *Embrassons-nous*

- Imaginez ce que le maître a pensé
lorsqu'il a « soupiré très fort ».
- Le garçon répond « oui », mais il
pense « non ». Cela vous arrive-t-il ?

[...] si je vous demande : « Tu aimes l'école ? », vous allez secouer la tête et me répondre que non, c'est évident. Il n'y a que les super fayots pour dire oui, ou alors ceux qui sont tellement bons que ça les amuse de venir tous les matins tester leurs capacités. Mais sinon... Qui aime vraiment ça ? Personne. Et qui déteste vraiment ça ? Pas grand monde non plus. Si. Il y a ceux qui sont comme moi, ceux qu'on appelle des cancres et qui ont tout le temps mal au ventre.

Anna Gavalda
35 Kilos d'espoir

- Êtes-vous dans le camp « fayots » ou dans le camp « cancres » ? Quel nom donneriez-vous au camp du milieu ?
- Pour quelles (bonnes et mauvaises) raisons aimez-vous ou détestez-vous l'école ?

– Moi, je n'aimais pas l'école. Je pataugeais
complètement. Et ça a duré des années…
Je ne comprenais jamais ce qu'on me disait,
ce qu'on voulait que je fasse. La seule chose
que j'aie jamais voulu faire, c'était lire. Je lisais
pendant les cours. Quand la prof découvrait
le livre que j'avais sur les genoux, et ce n'était
jamais celui que j'aurais dû avoir sur ma table,
elle m'envoyait chez le proviseur. Je recommençais
le lendemain.

Paula Fox
Portrait d'Ivan

- Lire et désobéir, cela va-t-il également
de pair pour vous ?
- Inventez le dialogue entre le proviseur
et l'élève.

Mai

29

Dans la classe, il y avait un lapin dans une cage,
mais on ne pouvait le caresser que quand c'était
le moment. Il y avait des livres sur les étagères,
mais on ne pouvait les lire que quand c'était
le moment. Il y avait une grande cour de récréation
avec des toboggans, des balançoires et des ballons,
mais on ne pouvait y jouer que quand c'était
le moment. Il y avait plein d'enfants, mais
on ne pouvait leur parler que quand-vous-savez.

Katherine Hannigan
Ida B.

- Quels animaux avez-vous rencontrés
dans vos classes depuis la maternelle ?
Lequel ou lesquels ont compté pour vous ?
- Souffrez-vous d'être limité(e) par
le « quand-vous-savez » ?

– Recommence, dit la dame.

L'enfant ne recommença pas.

– Recommence, j'ai dit.

L'enfant ne bougea pas davantage. Le bruit
de la mer dans le silence de son obstination se fit
entendre de nouveau. Dans un dernier sursaut,
le rose du ciel augmenta.

– Je ne veux pas apprendre le piano, dit l'enfant.

Marguerite Duras
Moderato cantabile

– Refuser. Dire non. Avez-vous déjà
été obligé(e) de le faire?
– Vous est-il arrivé de tenir tête à
un adulte? Comment cela a-t-il fini?

Au bout de la troisième semaine, il m'ôta vivement l'archet et le violon des mains, me dit qu'il parlerait à ma mère et me renvoya. Ce qu'il dit à ma mère, je ne le sus jamais, mais celle-ci passa plusieurs jours à soupirer et à me regarder avec reproche, me serrant parfois contre elle dans un élan de pitié. Un grand rêve s'était envolé.

Romain Gary
La Promesse de l'aube

Soupir.

- Si vous n'êtes pas doué(e) dans certaines activités, déclenchez-vous des soupirs, des reproches ou de la pitié chez vos parents ? Ça vous aide ?
- Il ne faut pas confondre le rêve des parents et le rêve de l'enfant : qu'en pensez-vous ?

1

L'étai il arrive
Et le coucou il chante fort !
– C'est quoi « l'étai » ? demanda Caleb.
Il prononça « l'étai », à la façon de Sarah.
– L'été, dirent en chœur papa et Sarah.
Caleb et moi, nous nous regardâmes. L'été arrivait.

Patricia MacLachlan
Sarah la pas belle

– Profitez de l'occasion pour écrire les
autres noms de saison avec le maximum
de « fêtes ».
– Que ressentez-vous à l'arrivée de l'été ?

2

Un bout de soleil s'allongea sur un coin de couette
et parut vouloir se reposer là. Mais il se releva pour
aller pianoter azertyuiop sur le clavier de l'ordinateur,
bifurqua, qsdfghjklm, et tomba, bing, sur l'œil de
Bettina.

Malika Ferdjoukh
Quatre Sœurs, tome I : *Enid*

- Ce soleil est décrit comme une personne.
À quoi le voit-on ?
- Est-ce que certains objets vous semblent
vivants ?

3

Jon s'arrêta pour écouter le bruit du vent. Ça faisait une musique étrange et belle dans les creux de la terre et dans les branches des buissons. Il y avait aussi les cris des oiseaux cachés dans la mousse ; leurs piaillements suraigus grandissaient dans le vent, puis s'étouffaient.
La belle lumière du mois de juin éclairait bien la montagne.

J.-M. G. Le Clézio
« La Montagne du dieu vivant », *Mondo et autres histoires*

- Connaissez-vous une « musique étrange et belle » ?
- Fermez les yeux. Arriverez-vous à faire la liste de tous les bruits que vous percevez ?

À l'école, on ne parlait plus que du spectacle de fin d'année. Ma classe devait présenter les contes d'Andersen. Du côté des filles, on s'est disputées pour décider qui jouerait la Petite Sirène. Les garçons, eux, voulaient tous être des soldats de plomb mais personne ne voulait jouer le soldat qui n'a qu'une jambe.

Valérie Zenatti
Fais pas le clown, Papa !

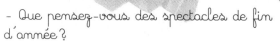

- Que pensez-vous des spectacles de fin d'année ?
- Quel est votre meilleur souvenir de fête de l'école ? Votre pire souvenir ?

5

Très cher Ordinami,

[...]

Voilà... Cette année scolaire si mal commencée
se termine en apothéose. Le vilain petit canard
larmoyant des premières pages de ce journal
est bel et bien devenu un cygne.

Yaël Hassan
Un jour un jules m'@imera

– Et si vous commenciez à tenir votre
journal intime ? À qui l'adresseriez-vous ?
– Retrouvez dans ce livre, à trois dates,
des extraits du plus célèbre journal intime,
tenu par une jeune fille pendant la Seconde
Guerre mondiale...

À dix ans, j'ai demandé pour mon anniversaire un dictionnaire. Je l'ouvre, je lis, je recopie les mots et leurs définitions, pas toutes, mais celles qui me plaisent. Je dis parfois les mots à Maman, elle ne comprend pas. Elle sourit, elle ne comprend pas. Elle parle mal le français.

Brigitte Smadja
Il faut sauver Saïd

- Aimez-vous les mots ? la lecture des dictionnaires ?
- Si vous avez des parents qui ne parlent pas bien le français, que faites-vous pour les aider ?

7

Pour son anniversaire, on avait offert à Sophie
un jeu du dictionnaire. Elle voulut y jouer et alla
chercher les cartes ainsi que la règle du jeu. Antoine
et Florian jetèrent un coup d'œil sur les questions
posées.

« Ces questions sont idiotes ! décréta Florian.

– Ce jeu est idiot ! décréta Antoine.

– On n'y joue pas ! » décrétèrent les deux garçons
en chœur.

Christine Nöstlinger
Le Môme en conserve

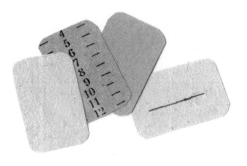

- Imaginez la réponse de Sophie, qui veut
absolument jouer au jeu du dictionnaire.
- Inventez plusieurs fins possibles.

Une fois par an seulement, le jour de son anniversaire, Charlie Bucket avait droit à un peu de chocolat. Toute la famille faisait des économies en prévision de cette fête exceptionnelle et, le grand jour arrivé, Charlie se voyait offrir un petit bâton de chocolat, pour lui tout seul. Et à chaque fois, en ce merveilleux matin d'anniversaire, il plaçait le bâton avec soin dans une petite caisse de bois pour le conserver précieusement comme une barre d'or massif ; puis, pendant quelques jours, il se contentait de le regarder sans même oser y toucher.

Roald Dahl
Charlie et la chocolaterie

- Du chocolat une seule fois par an, ce serait difficile pour vous ?
- Quel serait pour vous le cadeau le plus précieux ?

– Et des chansons ? Est-ce qu'on t'a déjà chanté des chansons ? reprend le peintre.

– Non, non… Sauf si on compte *Joyeux anniversaire*. Tonton Gilbert et la bonne me l'ont chanté le mois dernier, pour mes onze ans. Et puis tonton a bu du cognac, et j'ai partagé le gâteau avec la bonne. Après, on est allés au cinéma.

Paula Fox
Portrait d'Ivan

- Vous chante-t-on des chansons ?
En chantez-vous aux autres ?
- Quand on vous chante « un p'tit beurre,
des toujous », en quelle langue est-ce ?

10

Cette année, on m'a pas souhaité mon anniversaire. L'année passée non plus d'ailleurs... Ah si. L'an dernier, j'ai reçu un bon de commande Agnès B. avec un cadeau exceptionnel si je renvoyais le coupon dans les dix jours : « Agnès B. vous souhaite un joyeux anniversaire. » Mais cette année, j'ai rien reçu. Agnès B., elle tape la haine. Elle a de la rancune parce que je lui ai pas renvoyé son coupon de merde la dernière fois. Bouffonne. Je m'en fous. De toute façon, leurs cadeaux sont toujours plus gros en photo qu'en vrai.

Faïza Guène
Kiffe kiffe demain

- Est-il arrivé que l'on oublie votre anniversaire ? Qu'avez-vous ressenti ?
- Dans certains catalogues, certains magasins, on vous propose des « cadeaux gratuits ». Cherchez le piège !

J'ai commencé à chaparder dans les magasins, une tomate ou un melon à l'étalage. J'attendais toujours que quelqu'un me regarde pour que ça se voie. Lorsque le patron sortait, et me donnait une claque, je me mettais à hurler, mais il y avait quand même quelqu'un qui s'intéressait à moi.

Émile Ajar (pseudonyme de Romain Gary)
La Vie devant soi

- Vous souvenez-vous de votre premier « chapardage » ? des (mauvaises) raisons qui vous y ont poussé(e) ?
- Commettre des bêtises pour se faire remarquer... qu'en pensez-vous ?

Voilà que mes parents reviennent, tout souriants,
et maman pose sur la table, à côté du gâteau...
un bocal de poisson rouge !
– Et le chien ? ai-je bredouillé.
– C'est bien plus facile de s'occuper d'un poisson,
a dit papa, et cela tient moins de place.
– Et si tu lui donnais un nom ? a proposé maman.
En regardant cet idiot de poisson rouge qui tournait
en rond dans son bocal, j'ai éclaté en sanglots :
– Mais je voulais un chien, moi !

Marie Farré Saint-Dizier
Mina mine de rien

– Vous avez sûrement déjà été déçu(e)
par un cadeau. Comment avez-vous réagi ?
– Les arguments des adultes vous ont-ils
convaincu(e) ?

À table, elle mettait tous les jours la place du fils absent. Et même, le jour anniversaire de ma naissance, elle servait l'absent. Elle mettait les morceaux les plus fins sur l'assiette de l'absent, devant laquelle il y avait ma photographie et des fleurs. Au dessert, le jour de mon anniversaire, elle posait sur l'assiette de l'absent la première tranche de gâteau aux amandes, toujours le même parce que c'était celui que j'avais aimé en mon enfance.

Albert Cohen
Le Livre de ma mère

- Le jour de naissance de son enfant reste un jour important pour la mère. Le comprenez-vous ?
- Et pour votre mère ? Posez à vos parents les bonnes questions sur votre naissance.

Dimanche 14 juin 1942

Je vais commencer au moment où je t'ai reçu,
c'est-à-dire quand je t'ai vu sur la table de
mes cadeaux d'anniversaire (car j'étais là
quand on t'a acheté, mais ça ne compte pas).
Vendredi 12 juin, j'étais réveillée à six heures,
et c'est bien compréhensible puisque c'était
mon anniversaire.

Mais à six heures, je n'avais pas le droit de me lever,
alors j'ai dû contenir ma curiosité jusqu'à sept
heures moins le quart.

Anne Frank
Journal d'Anne Frank

- Votre anniversaire n'est pas un jour
comme les autres. Comment aimez-vous
le fêter ?
- Préférez-vous les surprises ou participer
au choix de vos cadeaux ?

Cher papa, aujourd'hui c'est ta fête, et je t'écris ce que me dicte le cœur. Moi je voudrais que tu sois près de moi, ici à la maison on y comprend plus rien, maman et Taniello ils arrêtent pas de se poisser et les poules se planquent sous la table.

Marcello D'Orta
J'espérons que je m'en sortira

- Imaginez ce que vous écririez à un père absent pour sa fête.
- Une maison sans père, pour vous aussi c'est galère ? Que faire ?

– Vous serez raisonnables, n'est-ce pas ? disait
ma mère. Ne rentrez pas trop tard.
J'aimais sortir avec mon père ; et comme il s'occupait
de moi rarement, le peu que je faisais avec lui
gardait un aspect insolite, grave et quelque peu
mystérieux qui m'enchantait.

André Gide
Si le grain ne meurt

– Quelle est votre activité préférée
ou rêvée avec votre père ?
– Et avec votre mère ? Pourquoi
est-ce différent ?

17

Mais aujourd'hui, quand j'ai rapporté mon bulletin
de l'école, j'ai tout de suite vu que mon excuse
ne tenait plus. Oh! il n'y avait pas que des compliments :
Yoav Cohen est encore très indiscipliné – la conduite
reste à surveiller. Mais il y avait aussi : En progrès.
Yoav travaille. (Pas étonnant : Mme Sharoni m'y oblige.
Et c'est vrai qu'elle m'aide aussi.)

Galila Ron-Feder
Cher Moi-même

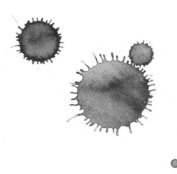

- Inventez une bonne excuse pour vous
faire pardonner un mauvais bulletin.
- Inventez des appréciations affreuses
ou géniales sur votre travail.

Mc Laughlin prit une lettre et un bulletin posés
à côté de son assiette.
– Je suppose que tu ne seras pas étonné
d'apprendre que tu devras redoubler ta classe,
dit-il. Il t'intéressera peut-être de voir tes notes.
Il jeta le bulletin à Ken. Sa mère lui passa un bol
de bouillie d'avoine couverte de crème et de sucre
brun et dit :
– Laisse-le déjeuner d'abord.
Mais Ken prit le bulletin. Il lui était si pénible
de le lire qu'il n'y voyait presque pas.

Mary O'Hara
Mon Amie Flicka

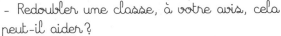

– Redoubler une classe, à votre avis, cela
peut-il aider ?
– Relisez le texte du 1ᵉʳ septembre : là non
plus, les parents n'étaient pas d'accord
entre eux. Comparez leurs réactions.

« Lucie doit faire des efforts pour se concentrer »,
« Lucie gâche ses capacités par une absence totale
de travail », « Lucie se disperse en bavardages
incessants ». Ça, les profs, ils ont toute une panoplie
de formules bien écrites. Et on sait traduire tout
de suite en plus clair. « Lucie ne fout rien ».

Claude Gutman
À chacun ses affaires

Lucie
ne fout
rien

- Faites la liste des formules des profs
et osez les traduire en argot (mais gardez
ça pour vous!).
- Quelle est la pire, ou la meilleure, formule
de prof sur votre travail?

La fête de l'école a eu lieu. Nous avons donné
« Les Animaux malades de la peste ». La chenille
et le chat étant des personnages secondaires,
Gérard et moi n'avions que peu à dire. Tout juste
« Haro ! Haro ! » au dernier tableau. Nous étions très
bien car nous étions couchés au fond de la scène.
J'avais un peu chaud dans ma fourrure mais, comme
on ne me voyait pas, j'ai ouvert la fermeture Éclair.

Pierre Louki
Un papa pas possible

- Connaissez-vous l'auteur de la fable
qui a inspiré la pièce ?
(Indice : en argot des écoles, on l'appelle
« Jean de la pisseuse ». Je ne vous aide
pas davantage, ça coule de source !)
- Sauriez-vous réciter au moins une fable
ou un poème ? Plus ? Combien ? Bravo !!!

21

Le printemps est enfin arrivé, à la mi-juin, il était temps. Nous allons nous quitter pour les vacances et nous faisons le plein de fous rires et de délires.

Danièle Laufer
Le Secret de Lola

- La séparation avec les amis en fin d'année, comment la vivez-vous ?
- La météo n'est plus ce qu'elle était, mais savez-vous fêter l'arrivée de l'été ?

Un petit sac de filet contenait les plus belles billes,
qu'une à une l'on m'avait données et que je ne mêlais
pas aux vulgaires. Il en était une que je ne pouvais
manier sans être à neuf ravi par leur beauté :
une petite, en particulier, d'agate noire avec
un équateur et des tropiques blancs, une autre,
translucide, en cornaline, couleur d'écaille claire,
dont je me servais pour « cale ». Et puis, dans
un gros sac de toile, tout un peuple de billes grises
qu'on gagnait, qu'on perdait, et qui servaient d'enjeu
lorsque, plus tard, je pus trouver de vrais
camarades avec qui jouer.

André Gide
Si le grain ne meurt

- Avez-vous un filet de billes, que vous
soyez fille ou garçon ?
- Connaissez-vous d'autres noms de billes ?

M'an renifle un petit coup.

« Mais tu sais combien ton père t'adore
et se préoccupe de toi, Joan. Tu lui manques
beaucoup. Ça lui fera tellement de peine
si tu ne viens pas dimanche.

– Eh bien, il n'a qu'à avoir de la peine, réplique
Joan. Je suis sûre que Shakespeare n'avait pas
à s'arrêter en plein milieu d'une pièce pour
aller voir son P'pa. »

Jacqueline Wilson
Les Queues de radis

- Quelles raisons peut-on avoir pour
refuser de voir son père ?
- « M'an », « P'pa »... quels diminutifs
donnez-vous à vos parents ?

24

Adieu, la classe, adieu, Mademoiselle et son amie ; adieu, féline petite Luce et méchante Anaïs ! Je vais vous quitter pour entrer dans le monde – ça m'étonnera bien si je m'y amuse autant qu'à l'École.

Colette
Claudine à l'école

- Regretterez-vous, vous aussi, l'école ?
- Que signifie « entrer dans le monde » ?
Cela vous inquiète-t-il ?

317

25

Les grandes vacances ! Mots magiques ! Il me suffisait de les entendre prononcer pour sentir des frissons de joie me parcourir la peau.

Roald Dahl
Moi, Boy

- Pensez à la magie de l'expression
« grandes vacances »... Quels bruits,
images, odeurs vous viennent ?
- Quand vous êtes heureux(se),
comment le dit votre corps ?

26

J'ai hurlé que les vacances sans le Cap-Ferret,
pire, sans mer, n'étaient pas des vacances,
que je détesterai l'Autriche toute ma vie
et l'allemand avec.
Mon père n'a pas cédé. Il veut absolument
que mon oreille se familiarise le plus possible
avec la langue allemande : j'entre en 6e et j'ai pris
allemand en première langue. Si j'avais su,
j'aurais pris zoulou.

Sandrine Pernusch
Des vacances à histoires

- Être obligé(e) d'aller en vacances là
où on ne veut pas... À quelles occasions ?
- Quelle(s) langue(s) aimeriez-vous
apprendre ? Dans quel but ?

27

Et cependant, malgré tout ce qui rendait Gran amusante, imprévisible et très différente des autres grand-mères, elle n'en demeurait pas moins, aux yeux d'Elizabeth, la dernière personne sur terre en compagnie de laquelle elle aurait souhaité passer un mois de vacances.

Paula Fox
Vent d'ouest

- Avez-vous une grand-mère de vacances ?
Appréciez-vous d'aller chez elle ?
- Racontez-vous une grand-mère idéale,
un grand-père idéal.

Les dents de Grand-Mère sont posées sur le rebord
de la fenêtre. Elles sont posées là, au fond
d'un verre d'Efferdent, et ont l'air de me regarder.
Les dents de Grand-Mère, c'est ce que je vois
en premier en me réveillant le matin et en dernier
avant d'aller au lit.

Charlotte Herman
Le Fauteuil de Grand-Mère

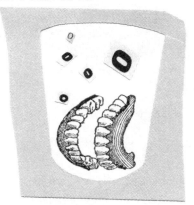

- Souvenez-vous de la première fois où
vous avez vu de fausses dents. À qui
appartenaient-elles ?
- Qu'est-ce que ça vous a fait ?

Aujourd'hui, je pars en colonie de vacances et je suis
bien content. La seule chose qui m'ennuie,
c'est que Papa et Maman ont l'air un peu tristes ;
c'est sûrement parce qu'ils ne sont pas habitués
à rester seuls pendant les vacances.

René Goscinny et Jean-Jacques Sempé
« Le Départ », *Les Vacances du petit Nicolas*

- Êtes-vous déjà parti(e) en colo ? Avez-vous
été content(e) de l'expérience ?
- Certains parents souffrent quand leur enfant
les quitte. Que faites-vous si c'est le cas chez
vous ? Leur donnez-vous un doudou ? Quels
trucs anti-stress leur inventez-vous ?

30

Le train venait de quitter les lumières de la gare lorsque P.-P. Cul-Vert a dit :
– Je crois que j'ai oublié mes affaires de toilette. Nous étions si heureux de partir que personne n'a relevé. L'ennui avec les trains, c'est qu'ils démarrent sans bruit, sans qu'on s'en aperçoive. Le visage de ma mère a commencé à glisser doucement le long de la fenêtre, on aurait dit qu'elle se trouvait sur un tapis roulant, avec les autres trains qui glissaient derrière elle et les parents de P.-P. Cul-Vert qui criaient quelque chose et jetaient des baisers.
– *Alea jacta est*, a dit M. Coruscant, ce qui signifie, je crois : « Allons jusqu'à l'est », et j'ai compris alors que nous étions partis.

Jean-Philippe Arrou-Vignod
Le professeur a disparu

– Qu'aimez-vous le plus dans un voyage en train ? Que détestez-vous ?
– Si vous cherchez dans les pages roses, au milieu du Petit Larousse illustré, vous aurez la vraie traduction de « Alea jacta est »... (C'est du latin.)

1

Aujourd'hui, on est mercredi 1er juillet et c'est le premier jour des grandes vacances. [...] Je vais rester enfermée dans ma chambre tout l'été, et même plus. Je ne veux pas aller en colonie, je ne veux pas partir d'ici. Ça ne m'intéresse pas. Demain matin, quand Papa voudra m'emmener à la gare, je lui dirai non, non et non, je ne veux pas y aller. Parce que j'ai décidé de ne plus m'amuser. Jamais. J'entame une grève de la vie.

Amélie Couture
La Grève de la vie

- Pour quelles tristes raisons peut-on avoir envie de faire la « grève de la vie » ?
- À quelle(s) occasion(s) avez-vous dit : « Non, non et non » ? Avez-vous été compris(e) ?

326

D'un bond il remonta sur le talus, retira sa chemise
et se tint entre les noix de coco en forme de crânes,
la peau moirée par les ombres vertes des palmiers
et de la forêt. Il défit sa boucle de ceinture, enleva
prestement sa culotte et son caleçon et resta nu,
le regard fixé sur l'étendue éblouissante de sable
et d'eau.

William Golding
Sa Majesté des Mouches

- Vous êtes-vous déjà mis(e) tout(e) nu(e)
dans la nature ? Ça vous a plu ? Quel nom
donne-t-on aux gens qui pratiquent cela
régulièrement ?
- D'après la végétation, dans quels pays
la scène peut-elle se situer ?

- Rép. « Naturistes ».

Ma « chambre » n'était plus cette boîte à chaussures que je partageais avec mes sœurs et qui pouvait être envahie par mes frères ou mes parents : c'était la pleine nature. J'avais mes provisions, mon eau, ma bâche, ma lampe-torche, ma brosse à dents, à moi toute seule, et personne ne viendrait me les prendre ou me les abîmer

Sharon Creech
Boogie-woogie

- Une chambre pour vous seul(e)... avez-vous cette chance ?
- Quels inconvénients y a-t-il à partager une chambre ? Quels avantages ? Pesez le pour et le contre.

Il n'y a pas encore les parasols de l'été. Le seul mouvement sur les hectares de sable, les colonies de vacances. Cette année ils sont petits, très petits, il me semble. De temps en temps les moniteurs les lâchent sur la plage. Afin de ne pas devenir fous.

Les voici :

Ils crient.

Ils aiment la pluie.

La mer ?

Ils crient de plus en plus fort.

Au bout d'une heure ils sont inutilisables. Alors on les met sous les tentes. On les change, on leur frotte le dos contre les rhumes, ils adorent, ils rient, ils crient.

On leur fait chanter Les Lauriers sont coupés. Ils chantent, mais pas ensemble.

Marguerite Duras
Yann Andréa Steiner

– Il n'y a pas le mot «enfants» dans ce texte, pourtant on le devine. Comment ?

– Trouvez quelqu'un pour chanter et danser avec vous «Nous n'irons plus au bois / Les lauriers sont coupés... »

Beau temps. On a mis tous les enfants à cuire ensemble sur la plage. Les uns rôtissent sur le sable sec, les autres mijotent au bain-marie dans les flaques chaudes. La jeune maman, sous l'ombrelle de toile rayée, oublie délicieusement ses deux gosses et s'enivre, les jours chauds, d'un roman mystérieux habillé comme elle de toile écrue...

Colette
Les Vrilles de la vigne

- « Ça sent la chair fraîche », aurait dit l'ogre. Que pensez-vous de cette mère qui met les enfants à cuire, rôtir, mijoter pendant qu'elle bouquine ?
- Quels sont vos jeux de plage préférés ?

6

Traîner à travers toute la maison en essayant différents sièges. Dire : « J'm'ennuie, j'm'ennuie, j'ai rien à faire, chais pas quoi faire. »
Votre maman se mettra à suggérer toutes sortes de jeux possibles et envisageables. Répondre : « Non, j'ai pas envie », à chaque nouvelle suggestion. Ouvrir le réfrigérateur, regarder à l'intérieur, refermer le réfrigérateur.

Delia Ephron
Comment faire l'enfant – 17 leçons pour ne pas grandir

- Quelle est votre technique pour vous ennuyer ?
- Quelle est votre technique pour énerver votre mère ?

Nounou leva les bras au ciel, prit le petit Jules
avec elle et se réfugia dans le jardin en pleurant.
– Malheur, disait-elle, malheur ! Il n'y a rien à faire
pour arrêter les enfants. Ils sont vraiment trop
désobéissants. Ah ! si les parents étaient là !
Mais les parents venaient justement d'écrire qu'ils
ne rentreraient pas encore, car ils se trouvaient
très bien dans la maison du général Dourakine.

Claude Roy
La maison qui s'envole

- Avez-vous déjà vu une « noumou »
débordée ? À cause de qui ? De vous ?!
Comment cela a-t-il fini ?
- Dans ce texte, il est question du
personnage-titre d'un roman jeunesse
célèbre. De quelle auteure ?
(Indice : elle était grand-mère.)

Ce que je n'aime pas à la colonie de vacances,
c'est que tous les jours, après le déjeuner, on est
de sieste. Et la sieste, elle est obligatoire, même
si on invente des excuses pour ne pas la faire.
Et c'est pas juste, quoi, à la fin, parce qu'après
le matin, où nous nous sommes levés, nous avons
fait la gymnastique, notre toilette, nos lits, pris
le petit déjeuner, être allés à la plage, nous être
baignés et avoir joué sur le sable, il n'y a vraiment
pas de raison pour que nous soyons fatigués
et que nous allions nous coucher.

René Goscinny et Jean-Jacques Sempé
« La Sieste », *Les Vacances du petit Nicolas*

– Quels sont vos souvenirs de sieste ?
– Avez-vous compris que les enfants font
la sieste pour que les adultes se reposent ?
Que ferez-vous lorsque vous serez parent ?

9

À ton avis, le sable est surtout utile à :

– Bâtir des châteaux de sable.
– Enterrer tante Lucie.
– Saupoudrer les sandwichs.
– Être jeté sur les voisins.

Delia Ephron
C'est obligé de dire merci ?

- Y a-t-il d'autres idées intéressantes à réaliser avec du sable ?
- Quel est votre meilleur souvenir de plage ? Votre pire souvenir ?

10

Et dire que Papa et Maman voulaient que j'aille
en colo pour me faire des amis. N'importe quoi !
Je ne te parle pas des monos. Je crois que je préfère
encore le centre aéré, au moins on ne se barbe
qu'une seule journée à la fois.

Élisabeth Brami
Ta Lou qui t'aime

- Faites la liste de tout ce qui vous déplaît
en colo.
- Préférez-vous, vous aussi, le centre aéré,
qu'on appelle « centre de loisirs » ? Pourquoi ?

335

Marie est la seule personne avec qui Jean peut échanger quelques mots de temps à autre, et encore... Marie est une fille, elle n'a jamais vu un incendie et lorsqu'elle vous raconte quelque chose, vous ne savez pas si c'est vrai ou si elle invente.

– Tu mens ! dit Jean

– Non, c'est vrai, je le jure !

Mais Jean ne se laisse pas emberlificoter :

– Pauvre fille, qu'est-ce que tu peux raconter comme bobards !

Janusz Korczak
La Gloire

- Pourquoi le fait d'avoir vu un incendie donnerait-il une supériorité à Jean ?
- Trouvez d'autres mots pour dire « emberlificoter » et « bobards ».

12

Tous les jours régulièrement, durant plusieurs étés, nous nous dirigeâmes [...] sur notre minuscule île secrète. Nous y passions trois ou quatre heures à nous amuser dans l'eau et dans les mares restées au creux des rochers, et à attraper d'extraordinaires coups de soleil.

Roald Dahl
Moi, Boy

- Avez-vous des habitudes de vacances ? Y tenez-vous ?
- Fermez les yeux et partez loin, sur une « minuscule île secrète »...

13 juillet 1967.

Quand l'avion se pose, je respire un grand coup.
Par le hublot, j'essaie de reconnaître les silhouettes
qui se bousculent sur la terrasse de l'aéroport.
Je n'aime pas trop l'avion, j'ai toujours peur
qu'il s'écrase. Heureusement, j'ai trouvé un truc.
Je croise les doigts au décollage et à l'atterrissage,
comme ça on ne risque rien.

Danièle Laufer
L'Été de mes treize ans

- Avez-vous pris l'avion un jour ? Avez-vous
eu peur ? Avez-vous été ébloui(e) par la beauté
du paysage et des nuages ?
- Avez-vous des astuces pour cesser d'avoir
peur ? Est-ce que ça marche ?

Elle écrit à Julie, sa meilleure copine,
qui a déménagé. Elle écrit :
Moisavapa, laisenfan menbaite.
Elle prend la feuille, et fabrique une enveloppe
en pliages, avec plein de cœurs sur les bords.

Geneviève Brisac
Olga n'aime pas l'école

- Rép. Huit.

– Et si vous écriviez à votre meilleure copine ?
– Si vous réécrivez la phrase du texte sans
les « fôtes », combien trouvez-vous de mots ?

339

Samedi 15 juillet
J'ai oublié de raconter que le feu d'artifice, c'était
super, surtout le bouquet final bleu blanc rouge,
même si je me suis bouché les oreilles parce que
ça fait un peu peur et que ça cogne sur le cœur.

Martine Laffon
Souvenirs de Bretagne

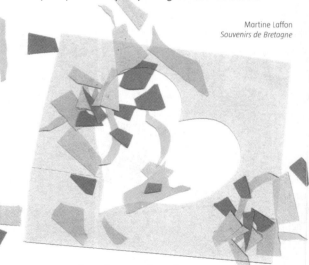

- Aimez-vous les feux d'artifice ?
- En avez-vous « un peu peur » ? Pourquoi ?

Elizabeth poussa un soupir et caressa le chat quelques instants avant de reprendre le rangement de ses affaires. Sur la table de chevet, elle plaça deux romans de la liste de lecture pour l'été, *Alouette, je te plumerai* et *Le Vieil Homme et la Mer*. Elle n'avait ouvert ni l'un ni l'autre.

Paula Fox
Vent d'ouest

- Lisez-vous les livres obligatoires ? Comment faites-vous ?
- L'un des deux titres évoque une chanson : à vous de la chanter !

– Alors, tu es paresseuse ?

– Dame, c'est mon seul plaisir sur la terre.

– Tu n'es pas sérieuse ! Tu aimes mieux lire, hein ?
Qu'est-ce que tu lis ? Tout ce que tu trouves ?
Toute la bibliothèque de ton père ?

– Non, Monsieur, pas les livres qui m'ennuient.

Colette
Claudine à l'école

– Êtes-vous paresseux (se) ? Est-ce
un plaisir qui crée des problèmes ?
– Comment éviter un livre qui ennuie ?

Dans un livre à papa, je suis tombé par hasard
sur une petite fille à peu près de mon âge qui dès
qu'on lui parle dit « mon cul » sans arrêt, pour
n'importe quoi.

Claude Gutman
Danger Gros Mots

- Savez-vous de quel roman il s'agit ?
(Indice : comme par hasard, le nom
de son auteur commence par un... Q !)
- Avez-vous découvert un livre contenant
des gros mots ?

- Réf. *Zazie dans le métro*, de Raymond Queneau.

Rouge, avec de grandes lettres bleues, il revient chaque été : un gros bus couleur de jouet, comme échappé de la caravane du Tour de France. C'était le bibliobus des grandes vacances. Une petite maison de livres à roulettes dont nous guettions le passage une fois par semaine. [...] L'inscription pour l'été coûtait le prix d'une glace à trois boules.

Jean-Philippe Arrou-Vignod
Le Livre de bibliothèque

- Connaissez-vous les bibliobus ?
- Avez-vous pensé à vous y inscrire ?
Pourquoi pas ?

Le lait du frigidaire et la boîte de beurre allégé
ne m'inspirent pas. Il y a aussi de la confiture
de mûres. M'man en fait quarante pots par été.
J'en ai plus que marre de la confiture de mûres,
alors je mange le sandwich-jambon de midi.
Je n'aurais pas à l'envelopper dans le papier d'alu
ni à le transporter dans ma musette en craignant
une tache de gras sur le roman que j'emporterai
au collège.

Jean-Paul Nozière
Si tu savais Tobby...

– Râlez-vous devant le frigo ?
– Oseriez-vous vous plaindre
d'une « maman-confiture » ?

21

Personne ne s'occupe de lui, il n'a besoin de
personne. [...] Son corps lui suffit. Quelle source
d'amusement ! Il passe des heures à regarder
ses ongles, en riant aux éclats. Ils ont tous des
physionomies différentes, ils ressemblent à des
gens qu'il connaît. Il les fait causer ensemble,
et danser, ou se battre. Et le reste du corps !...
Il continue l'inspection de ce qui lui appartient...
Que de choses étonnantes !

Romain Rolland
Jean-Christophe

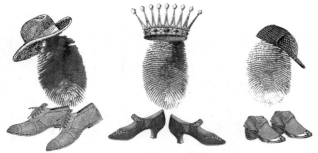

- Vous arrive-t-il de jouer avec votre corps ?
Qu'est-ce qui vous étonne le plus ?
- Avez-vous exploré tous les recoins de
ce territoire qui vous appartient ?

[...] « As-tu un mouchoir ? »

Assurément, j'avais un mouchoir : il était tout
propre, dans ma poche, depuis huit jours.
Pour moi, qui savais extraire de mon nez, avec
l'ongle de mon index, les matériaux sifflants
qui gênaient ma respiration, l'usage du mouchoir
me semblait être une superstition parentale.
Il m'arrivait parfois de m'en servir, pour faire
briller mes souliers, ou pour essuyer mon banc
d'écolier [...].

Marcel Pagnol
La Gloire de mon père

- Quelles relations avez-vous avec votre nez ?
Plaisir ou dégoût ?
- L'utilisation d'un mouchoir en public vous
pose-t-elle un problème ? Comment vous
en sortez-vous ?

– Comment t'amuses-tu ?

– Comme je peux. On me laisse. Mais je n'ai pas beaucoup de joujoux. Ponine et Zelma ne veulent pas que je joue avec leurs poupées. Je n'ai qu'un petit sabre en plomb, pas plus long que ça. L'enfant montrait son petit doigt.

– Et qui ne coupe pas ?

– Si, monsieur, dit l'enfant, ça coupe la salade et les têtes de mouches.

Victor Hugo
Les Misérables, tome II : *Cosette*

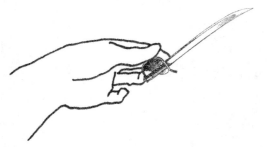

– Si vous ne pouviez garder qu'un seul jouet, quel serait-il ?
– Comment comprend-on que Cosette est une toute petite fille ?

Nous prîmes le train. Un voyage si long qu'il me sembla durer deux jours. Puis, il fallut marcher un peu, le long d'une jetée pavée qui longeait l'océan. Il y avait un vent de bourrasque, des nuages gris fer, une bruine salée.

– Nous y voilà ! dit-elle enfin, en poussant un grand portail vert sombre, que prolongeait une très longue grille aux entrelacs finement ouvragés.

Je venais de faire mon entrée aux « Saules ».

Marie-Sabine Roger
La Saison des singes

- Vous souvenez-vous d'un voyage trop long ?
- Cela vous donne-t-il envie d'entrer aux « Saules » ?

À la Roque l'herbier régnait en seigneur ; tout ce qui se rapportait à lui, on l'accomplissait avec zèle, avec gravité, comme un rite. Par les beaux jours, on étalait aux rebords des fenêtres, sur les tables et les planchers ensoleillés, les feuilles de papier gris entre lesquelles iraient sécher les plantes ; pour certaines, grêles ou fibreuses, quelques feuilles suffisaient ; mais il en était d'autres, charnues, gonflées de sève, qu'il fallait presser entre d'épais matelas de papier spongieux, bien secs et renouvelés chaque jour.

André Gide
Si le grain ne meurt

- Avez-vous commencé un herbier ?
Avez-vous déjà fait sécher des plantes
ou au moins des pétales entre les pages
d'un livre ?
- Comment sait-on que l'herbier a
de l'importance dans cette famille ?

26

C'était le milieu de l'été, et malgré la maison impeccable avec arc-en-ciel et tout, je me suis vite ennuyé après le déménagement. Je ne connaissais personne ici, et la sortie de ma petite sœur n'était pas prévue pour tout de suite. Histoire de passer le temps, je suis allé deux jours chez un copain qui n'avait pas eu de chance, qui était resté dans sa cité. Une cité sale et grise malgré le soleil, avec l'ascenseur qui sent le pipi de chien. Mais là au moins, j'ai rigolé.

Thierry Lenain
La Petite Sœur du placard

hi   hi   hihi iji   i   hi   ii   hi hi   hi   !

- Pourquoi est-ce plus rigolo d'aller chez un copain dans une cité ?
- Si vous avez vécu un déménagement, comment l'avez-vous supporté ?

juillet

27

Les polissons de la ville étaient devenus mes plus chers amis. J'en remplissais la cour et les escaliers de la maison. Je leur ressemblais en tout : je parlais leur langage ; j'avais leurs façons et leur allure ; j'étais vêtu comme eux, déboutonné et débraillé comme eux, mes chemises tombaient en loques [...]. J'avais le visage barbouillé, égratigné, meurtri, les mains noires. Ma figure était si étrange que ma mère, au milieu de sa colère, ne pouvait s'empêcher de rire et de s'écrier : « Qu'il est laid ! »

François René de Chateaubriand
Mémoires d'outre-tombe

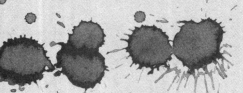

- À part l'utilisation du mot « polissons », rien n'a vieilli dans ce texte très ancien. Par quel mot le remplaceriez-vous ?
- Choisir ses amis est tout un art. Pourquoi faudrait-il chercher à leur ressembler coûte que coûte, jusqu'à devenir « laid » ?

Tom et Sam adoraient depuis quelque temps les jeux d'eau. S'asperger tout habillé avec la pomme de douche ou construire dans la baignoire une ville sous-marine en inondant littéralement toute la salle de bains, cela faisait partie de leurs nouveaux passe-temps.

Christine Nöstlinger
Comme deux gouttes d'eau

- Quels jeux d'eau préférez-vous ?
- Y jouez-vous seul(e) ou à plusieurs ?

353

Je ne sais pas comment ça se fait, mais je n'arrive
pas à tout mettre dans mon sac. Pourtant, j'avais
pile la place à l'aller.
Ça va être dur de quitter tout le monde.
Figure-toi que je crois que j'ai grandi : mon maillot
de bain me rentre dans les fesses et je touche
au bout de mes baskets blanches – enfin, elles
étaient blanches...

Élisabeth Brami
Ta Lou qui t'aime

- Avez-vous aussi constaté qu'au retour
des vacances votre sac est toujours trop
petit ? Comment l'expliquez-vous ?
- À quoi vous apercevez-vous que vous
grandissez ?

Dimanche 30 juillet
Mes parents sont arrivés hier soir. Ils m'ont trouvée
grandie et je leur ai montré le trait sur la porte.
J'ai offert le bateau dans la bouteille. Comme
ils étaient contents, j'ai dit qu'on pourrait le mettre
à la maison sur la cheminée et ma mère a répondu
en riant : « On verra, on verra. »

Martine Laffon
Souvenirs de Bretagne

- Aimez-vous les retrouvailles avec
vos parents ?
- Apprécie-t-on les souvenirs que
vous rapportez ?

Moi, je ne bougeais pas, je restais comme ça, toute
seule, toute seule, et mon cœur était de plus en plus
lourd. Tout d'un coup, des pas, deux bras qui
m'entourent.

– Tu es venu... Oh, papa !

Je me suis serrée contre lui, en étouffant mes
larmes pour que tante Mimi ne m'entende pas.
C'était bon de pleurer. Lui, il ne disait rien et me
caressait la joue, doucement.

Colette Vivier
La Maison des petits bonheurs

– Avez-vous douté un jour du retour
de vos parents ? Qu'imaginiez-vous ?
Que ressentiez-vous ?
– Avez-vous déjà pleuré de joie ?
Préférez-vous pleurer de tristesse ?

míchu.

Zdálo se, že se nikterak nedivil to...

Chaverny se vůbec nikdy ničemu nedivil.

»Rozkošný andílku,« pravil mladé dívce, která napolo se sn...
chem, napolo v rozpacích se vyprostiti své ručky z jeho
sevření, »po celou n... ... vás. Chce tomu jenom osud, že
jsem dnešního ... ... nán, ... ku. Proto odsunuji
pravidel ... ... obvy... ... ... vás o ... ... y a ... ... před
stra... ... stě na ... lena a ... ... svo... ... ... on

... ... tečně, poklekl uprostřed předsín... pi... ... ... h...
... ... zamilovaně. ... ... u, ja ... ... znou

... hled... ... ... už ne... byl ... sice ... ... všem a ... ... s ... ... h
ji ... ... lze ... ... ave ... ... dalších ... avyků ...

Také ... ... na světě,« ... ... pravil. »Tedy
to ... ... Ch... ... ... ni, n... ... ... ím, vě... ... ... te, že neběřu
diva... ... ... l... ... ... n tom po celou cestu

... ... z vás ne... ... ...
... ...
... ...
...ezi námi ujednáno. ...

...nikterak na lehkou váž... ... ... reci d... ... na ... ... ponč-
až sem.«

»A což moje svolení?« vpad... ... ... svole, ...
kud pohoršena. ... ...edna a...

»Také na to jsem my... ... ... m ... ... ani d...
nemluvme už déle o věci, ... m ... ... a nechce b
lice důležité zprávy a m... ... se svou d...

»Paní kněžna je sa... ... ... slečn... de N...
vána,« odvětila donna Cr... ... ... oš...

»Její dcera!« zvolal Chave... ... ... se ... ...
paní ze včerejšího večera! Přís... ... ... mne,
mi na tom záleží. Miluj... ... ... hně ... ... pak
však, moje zbožňovan... ... ... atk... ... ... pi... ... ... puš...
Je-li slečna de Nevers ... ... a ... ...
abych žádal, abych byl... ... ... cíga...

»Nemožno,« pra... ... ...
»Nic není nen... ...
vážně povýšeným...
Pak objal do... ...
stranou.

1

En août, il y avait les visites chez madame Lagloire,
qui me faisait des bises osseuses, et sentait très
fort le pipi. Elle avait, au fond de son buffet, de vieux
bonbons poisseux, dans une boîte en fer tavelée
de rouille. Il me fallait en prendre un. Remercier.
Et le mettre à la bouche. C'était un épouvantable
supplice.

Marie-Sabine Roger
La Saison des singes

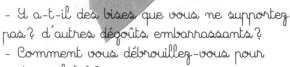

- Y a-t-il des bises que vous ne supportez
pas ? d'autres dégoûts embarrassants ?
- Comment vous débrouillez-vous pour
rester poli(e) ?

C'est le deuxième mois des grandes vacances et la chaleur est tellement pesante qu'on est tous un peu mous, à errer dans la maison, les contrevents tirés. Moi, heureusement, j'ai ma partie de pêche du matin, juste au lever du jour, quand il fait encore frais. La rivière se réveille doucement au même rythme que la ville qui est dans mon dos [...].

Mikaël Ollivier
Hier encore, mon père était mort

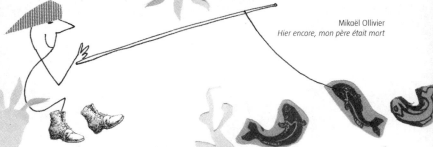

- Quels avantages y a-t-il à aller en vacances chez les grands-parents ? Quels inconvénients ?
- Connaissez-vous d'autres mots de la famille de « vent », comme « contrevent » ? Combien ?

3

Bridinette, accroupie dans les fraisiers, tâtait
les fruits charnus et bossués pour prendre les plus
mûrs. Parfois une fraise s'écrasait dans ses doigts :
« Elle est trop mûre, se disait-elle, je la mange. »
Si, au contraire, elle en cueillait une encore un peu
dure et verte, elle disait : « J'aurais dû la laisser ;
il ne faut pas la mettre dans le saladier. »
Et elle la mangeait. Elle mangeait aussi celles
qu'elle trouvait trop petites.

Charles Vildrac
Bridinette

- Avez-vous aussi la gourmandise
de mauvaise foi ?
- Quels sont les fruits auxquels vous
ne pouvez pas résister ?

Sophie alla chercher sa poupée, son landau
de poupée et son service à thé de poupée.
Puis elle débarrassa un coin de la salle de séjour
des affaires qui y traînaient et y installa le landau
de poupée, posa le service sur une petite table
et fit semblant de servir du café dans les tasses
avec la petite cafetière.
« Tu es le papa et moi la maman, déclara-t-elle.
Notre bébé est dans le landau. Tu as compris ? »
Frédéric comprit instantanément.

Christine Nöstlinger
Le Môme en conserve

- Quel est votre meilleur souvenir de jeu
à deux ?
- Le jeu du papa et de la maman est une
vision miniature de la vraie vie. Pourquoi
est-ce la fille qui fait tout ? Si ça changeait ?

5

Nous avions joué au petit mari et à la petite femme, dans le temps. Nous avions fait la dînette ensemble, et la grande égratignure, celle qui me reste comme un bout de fil blanc, avait été donnée, je crois, à la suite d'une scène de jalousie.

Jules Vallès
L'Enfant

- Certaines histoires d'amour finissent mal. À quoi le voit-on ?

- Êtes-vous jaloux(se) au point d'en devenir violent(e) ? Cherchez-vous une solution ?

– Pour ne pas se faire esquinter ses habits, il n'y a qu'un moyen sûr, c'est de n'en pas avoir. Je propose donc qu'on se batte à poil !...

Louis Pergaud
La Guerre des boutons

– Que pensez-vous des jeux de guerre ?
– Se mettre tout(e) nu(e) pour jouer, est-ce si naturel que ça ?

7

– Jo, arrête ! On dirait un garçon !

– C'est bien pour ça que je le fais.

– Je déteste les filles grossières et mal élevées.

– Et moi, j'ai horreur des chochottes.

Louisa May Alcott
Les Quatre Filles du docteur March

– Pourquoi la grossièreté serait-elle réservée aux garçons ?

– N'y a-t-il pas un juste milieu entre « grossière » et « chochotte » ?

On s'est roulé dans l'herbe. On a dévalé la pente
aux bruyères. On a taillé des sifflets dans
des baguettes de noisetier. [...]
On s'est bourré de mûres et de prunes vertes.
On a eu la colique. On est entré jusqu'aux cuisses
dans le ruisseau et parfois en douce on enlevait
le short et le tee-shirt et on se mouillait tout entier,
grelottant de froid et de plaisir. On a enfoncé des
bâtons dans les taupinières. On a touché du doigt
le pis des vaches aux trayons comme des quéquettes.
On a regardé s'allumer les étoiles dans un ciel
de velours violet.

Annie Saumont
« La Gifle du mardi », *Moi les enfants j'aime pas tellement*

- Faites la liste de vos expériences
rigolotes dans la nature...
- ... et de celles qui ont mal tourné.

Soudain, une vive lumière blanche déchire la nuit,
suivie d'un coup de tonnerre.
Mathilde sursaute et se rassoit dans son lit. L'éclair
n'a duré qu'une fraction de seconde mais elle a cru
apercevoir un visage, de l'autre côté de la vitre.

Mirjam Pressler
Mathilde n'a pas peur de l'orage

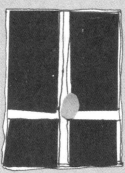

- Rép. La fermeture éclair, l'éclair au chocolat,
l'éclair de génie...

- Avez-vous peur de l'orage ? Si oui,
que faites-vous ? Savez-vous compter
le temps qui sépare l'éclair du coup
de tonnerre pour vous rassurer ?
- Pouvez-vous citer trois autres types
d'« éclair » ?

10

C'était un soir d'orage. Avec un tonnerre
et des éclairs à donner la chair de poule.
Si ma mère avait porté des jupes, je m'y serais
réfugiée. Mais elle ne met que des pantalons.
Elle trouve qu'elle n'a pas d'assez jolies jambes.

Thierry Lenain
Un pacte avec le diable

- Connaissez-vous d'autres expressions
avec « poule » ? (ex. « Roule, ma poule ! »)
- Êtes-vous souvent dans les jupes de
votre mère ? Vous le reproche-t-on ?

« Pourquoi ne pleures-tu pas ?

– Parce que je n'en ai pas envie.

– Mais si, dit-elle, tu as pleuré ; tu as les yeux
bouffis, et tu es sur le point de pleurer encore. »
Elle se mit à rire d'une façon tout à fait méprisante.

Charles Dickens
Les Grandes Espérances

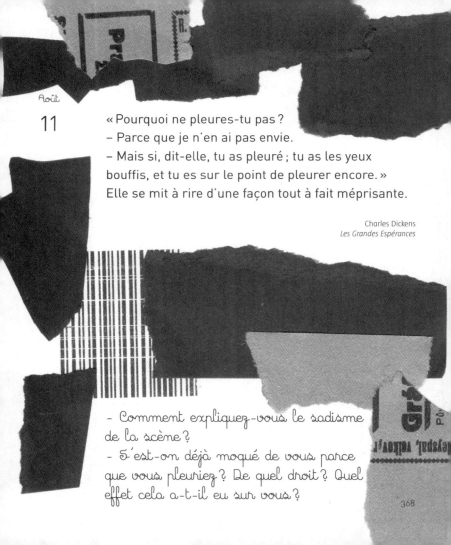

- Comment expliquez-vous le sadisme
de la scène ?
- S'est-on déjà moqué de vous parce
que vous pleuriez ? De quel droit ? Quel
effet cela a-t-il eu sur vous ?

Le 15 août approche. Fin août-début septembre
approche. Pauline ne s'éloigne plus du téléphone.
Elle est certaine qu'il sonnera. Les garçons
ont juré. Elle a promis.

Jean-Paul Nozière
Fin août, début septembre

- Imaginez ce qu'attend Pauline.
- Tenez-vous toujours vos promesses ?
Pourquoi promettre ce qu'on ne pourra
pas tenir ?

Mais n'ai-je pas déjà dit qu'à la fin de l'été tout avait changé et que rien n'était plus comme avant ? Des tas de choses depuis étaient arrivées. Mais ça, c'est une autre histoire.

Amos Oz
Mon Vélo et autres aventures

- Avez-vous vécu un été où tout a changé pour vous ?
- Quel événement a tout bouleversé ?

Peter a parfois des trouvailles amusantes. Nous avons
au moins un goût commun, qui déclenche les rires,
celui de nous déguiser. Nous avons fait une apparition,
lui dans une robe très moulante de sa mère,
moi dans son costume, avec tout l'attirail, chapeau
et casquette compris. Ils étaient pliés en deux,
les adultes, et nous, nous n'étions pas en reste.

Anne Frank
Journal d'Anne Frank

- Vous êtes-vous parfois déguisée en garçon
si vous êtes une fille ? Déguisé en fille si
vous êtes un garçon ?
- Comment votre entourage a-t-il réagi ?

Les enfants se mettent à rire en descendant
les marches du perron. De la couronne de
la princesse s'échappe une queue de cheval
de la couleur d'un beau chrysanthème jaune.
Sous les longs cheveux gris de la sorcière en vert
on peut voir une natte brune qui ressemble fort
à celle d'Harriet.
Myeko pousse un petit soupir. Comme ce serait
amusant d'être avec eux !

Kay Haugaard
La Petite Fille au kimono rouge

- Éprouvez-vous de la difficulté à aller vers
les autres ? Comment vous en sortez-vous ?
- Quel(s) déguisement(s) aimeriez-vous
porter ? Pourquoi ?

[...] elle s'empara de trois œufs et les lança en l'air. Un œuf se brisa sur sa tête et le jaune lui dégoulina dans les yeux. Les deux autres, par contre, s'écrasèrent prestement dans une casserole. « J'ai toujours entendu dire que le jaune d'œuf était bon pour les cheveux, dit Fifi en s'essuyant les yeux. Vous allez voir, ils vont pousser à toute vitesse ! [...] »

Astrid Lindgren
Fifi Brindacier

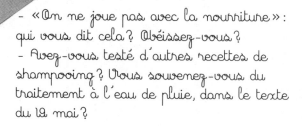

- « On ne joue pas avec la nourriture » : qui vous dit cela ? Obéissez-vous ?
- Avez-vous testé d'autres recettes de shampooing ? Vous souvenez-vous du traitement à l'eau de pluie, dans le texte du 12 mai ?

Une fois que j'étais là, Shosha sortait ses « affaires ».
Ses jouets étaient toutes sortes d'objets mis
au rebut par les adultes : des vieux boutons,
une poignée de bouilloire, une écharpe de laine
mitée, des emballages de paquets de thé en papier
d'argent, etc. Avec mes crayons de couleur,
je dessinais des bonshommes et des animaux
pour Shosha. Shosha et sa sœur admiraient
mes œuvres d'art.

Isaac Bashevis Singer
Un jour de plaisir

- Faites la liste de tous vos trésors.
- Pourquoi ne pas illustrer cette liste
avec des dessins et en faire un album :
« Mes trésors pas en or que j'adore » ?

Quelque chose de dur lui piqua les côtes.
Joe se retourna d'un bond et se trouva nez
à nez avec Bonne-Maman qui lui tendait une clef.
« Tiens, Jasper, dit-elle. Tu as la chambre 45.
Va défaire tes bagages. Je te rejoins pour le dîner.
Et ne fais pas de sottises. Allez, au trot ! »

Anthony Horowitz
Satanée Grand-mère !

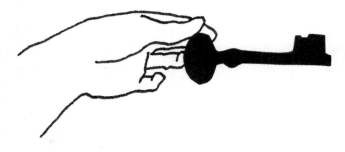

- Il y a des « Bonne-Maman » qui sont
des « méchantes-mamans ». Pourquoi ?
- Quels diminutifs connaissez-vous pour
dire « grand-mère » ?

Zozo faisait donc presque tous les jours des farces, mais il se distingua particulièrement le 19 août, le 11 octobre et le 3 novembre.
Je ne peux pas m'empêcher de rire lorsque je pense à ce qu'il inventa le 3 novembre, mais il m'est malheureusement impossible de vous le raconter ! J'ai promis le silence à la maman de Zozo.

Astrid Lindgren
Zozo la Tornade

- Imaginez-vous les farces de Zozo ?
- Savez-vous tenir aussi bien un secret ?

Ce dimanche-là, j'ai accompagné Malik au marché. Nous avons acheté des bottes de menthe et des olives. Malik m'a montré comment on jette le thé vert dans l'eau et combien l'infusion d'une feuille de menthe est un événement. Pendant des heures, nous avons siroté notre thé comme de vrais chameliers en plein désert.

Régine Detambel
Le Rêve de Tanger

- Quels détails nous renseignent sur les origines familiales de Malik ? Tâchez de trouver des prénoms de pays différents.
- Connaissez-vous le truc pour ne plus confondre le chameau et le dromadaire ?

- Rép. Le chameau a deux sacs à dos, ses deux bosses.]

377

Il arrivait qu'un livre, ouvert sur le dallage de
la terrasse ou sur l'herbe, une corde à sauter
serpentant dans une allée, ou un minuscule jardin
bordé de cailloux, planté de têtes de fleurs,
révélassent autrefois, dans le temps où cette maison
et ce jardin abritaient une famille, la présence
des enfants, et leurs âges différents.

Colette
« Où sont les enfants ? », *La Maison de Claudine*

- Pour vous, ranger est un devoir,
une corvée ou un plaisir ?
- Quelles autres traces de jeux pourraient
être trouvées dans le jardin ?

Un après-midi, à la fin de l'été, Pierre vit qu'Anne avait l'air grave. Il eut peur, très peur, d'une mauvaise nouvelle. Il avait raison d'avoir peur. Elle dit simplement :

« Je pars après demain...

– Tu reviendras, l'année prochaine ? » demanda-t-il, plein d'espoir et de crainte, souffrant déjà de la séparation, attendant aussitôt son incertain retour. Elle resta silencieuse.

Marie-Sabine Roger
Le Château de Pierre

- Avez-vous souffert d'une séparation à la fin des vacances ? Si oui, qu'avez-vous fait ?
- Attendez-vous encore un « incertain retour » ?

23

Au lit elle pense à Raphaël. Elle lui fait des bisous imaginaires. Elle rêve qu'il est là avec elle dans son lit étroit, qu'il lui caresse les cheveux et lui gratte le dos. Elle aimerait savoir s'il a les mêmes taches de rousseur sur ses fesses que sur son visage.

Susie Morgenstern
Je t'aime

- Êtes-vous doué(e) en « bisous imaginaires » ?
- L'amour rend curieux de l'autre. Le ressentez-vous aussi ?

Le jour, je pensais souvent à elle et j'en rêvais
la nuit. Dans mes rêves, Shosha était belle comme
une princesse. Plusieurs fois, je rêvai qu'elle avait
épousé le lutin du foyer et vivait avec lui dans
une grotte obscure. Il lui apportait de quoi manger
mais ne la laissait jamais sortir. Je l'imaginais,
attachée sur une chaise avec une corde, tandis
que le lutin la nourrissait à l'aide d'une minuscule
cuiller. Il avait la tête d'un chien et des ailes de
chauve-souris.

Isaac Bashevis Singer
Un jour de plaisir

- Vous souvenez-vous d'un rêve
important pour vous ?
- À quoi voit-on ici que c'est le rêve
d'un amoureux ?

25

Un rêve est un rêve, rien de plus. Il s'y passe en général ce qu'on aimerait bien voir arriver, ou au contraire ce qui fait peur. Pourquoi chercher plus loin ? Un rêve n'est pas un examen qu'on passe.

J'ai dit à Mme Sharoni :

– Non, je n'ai pas fait de rêve.

– Alors, qu'est-ce qu'il y a donc ? Quelque chose qui ne va pas ?

– Je n'arrive pas à arrêter de penser. C'est ça qui m'empêche de dormir.

Galila Ron-Feder
Cher Moi-même

- En rêvant, réalisez-vous vos rêves ?
- Si penser vous fatigue, que faites-vous ?

– Tu sais bien que lundi, c'est la rentrée des classes !
dit la tante.

Je fus un instant sans comprendre, et je les regardai
avec stupeur.

– Voyons, dit ma mère, ce n'est pas une surprise ! On
en parle depuis huit jours !

C'est vrai qu'ils en avaient parlé, mais je n'avais
pas voulu entendre. Je savais que cette catastrophe
arriverait fatalement, comme les gens savent qu'ils
mourront un jour...

Marcel Pagnol
Le Château de ma mère

- Comment vous sentez-vous
lorsque vous pensez à la rentrée ?
- Si vous la vivez comme une
« catastrophe » qui arrive fatalement,
comment y remédiez-vous ?

27

« Maman, j'ai peur de la sixième. »

« Peur de quoi exactement ? »

« De tout. »

« Tout ! C'est quoi ? » insista sa mère.

« Je ne sais pas. »

« Alors peur de l'inconnu. Ne t'en fais pas, dans quelques jours tu seras déjà une vieille élève de sixième et tu connaîtras tout. »

Susie Morgenstern
La Sixième

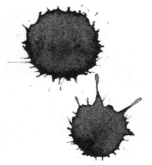
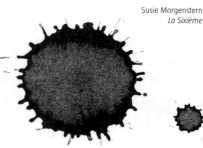

- Si vous avez « peur de tout »,
à qui en parlez-vous ?
- Posez des questions pour éclaircir
vos craintes de « l'inconnu ».

28

Moi ça me semble pas vrai que je vais quitter l'école
élémentaire, ça me semble comme un rêve. Parce
que je suis entré petit et je sors grand, et quand
je quitterai l'école moyenne moi je sortirai encore
plus grand.

[...]

Voilà les choses les plus belles de l'école élémentaire :
Premièrement : mon maître, que je l'oublierai
jamais plus, même quand il mourra.
Deuxièmement : mes amis, sauf un.
Troisièmement : les excursions.

Marcello D'Orta
J'espérons que je m'en sortira

- Pensez à vos trois « choses les plus belles
de l'école élémentaire ».
- Quel maître, ou maîtresse, a le plus compté
pour vous ? Le lui avez-vous dit ? Pourquoi ?

Ô mon enfance, gelées de coings, bougies roses,
journaux illustrés du jeudi, ours en peluche,
convalescences chéries, anniversaires, lettres
du Nouvel An sur du papier à dentelures, dindes
de Noël, fables de La Fontaine idiotement récitées
debout sur la table, bonbons à fleurettes, attentes
des vacances, cerceaux, diabolos, petites mains
sales, genoux écorchés et j'arrachais la croûte
toujours trop tôt, balançoires des foires, [...] cahiers
neufs de la rentrée, sac d'école en faux léopard,
plumiers japonais, plumiers à plusieurs étages,
plumes sergent-major, [...] boîte à herboriser,
billes d'agate, chansons de Maman [...].

Albert Cohen
Le Livre de ma mère

- Faites la plus longue liste de ce
que vous avez aimé de votre enfance...
- ... et de ce que vous avez détesté.
Comparez !

Ben oui, tu sais tout pour finir. Suce pas ton pouce
il est plein de sable. Et de microbes qui sont très
dangereux. Même les lions qui s'apprivoisent,
des fois ça peut rater alors ils vous dévorent.
Donc c'est pas drôle la vie. Moi plus tard je t'aiderai,
je suis pas encore assez grand. On va refaire
des pâtés tu les casseras ça soulage. Mais vois-tu
ma pauvre, le ventre de maman où le Bon Dieu
t'avait mise ça aurait sans doute été mieux si tu
l'avais jamais quitté.

Annie Saumont
« La Chasse aux lions », *La terre est à nous*

- Avez-vous des regrets terribles ?
- Avez-vous des projets merveilleux ?

Mais quand même, avec tous les efforts qu'on a faits
pour moi, je me demande pourquoi je n'aime pas
lire. C'est au bout de combien de rencontres avec
un écrivain que ça se déclenche, l'envie de lire ?
Je n'en sais rien mais j'ai peut-être une chance
pour l'année prochaine.

Valérie Dayre
Le Jour où on a mangé l'écrivain

- Si vous n'aimez toujours pas lire, comment
se fait-il que vous lisiez ces lignes ? Est-on
forcé d'aimer lire ?
- Puisque l'auteure de ce bouquin est vivante,
croyez-vous que lui écrire déclencherait en
vous l'envie de lire ?

Oh, manman, déjà ? Vraiment ? Mais j'ai pas envie. Chuis pas fatigué. J'ai pas sommeil. Ch'peux pas rester encore un p'tit peu. Rien qu'un p'tit peu. Un tout p'tit peu, allez ! Le temps de finir mon chapitre ? Le temps de finir ma page ?

Delia Ephron,
*Comment faire l'enfant –
17 leçons pour ne pas grandir*

Romans à lire en entier

Romans préférés dévorés

Romans détestés pas terminés

Romans empruntés, prêtés, égarés, volés

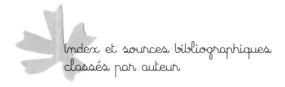

Index et sources bibliographiques classés par auteur

Alcott Louisa May   116, 283, 364
Les Quatre Filles du docteur March
États-Unis, 1868.

Ajar Émile (pseudonyme de Romain Gary)   55, 304
La Vie devant soi
Mercure de France, 1975.

Arrou-Vignod Jean-Philippe   344
Le Livre de bibliothèque
Thierry Magnier, 2000.

Arrou-Vignod Jean-Philippe   323
Le professeur a disparu
Éditions Gallimard, 1998.

Auteuil Daniel   77
Il a fait l'idiot à la chapelle !
Coédition Seuil-Archimbaud, 2002, « Points », Éditions du Seuil, 2004.

Bawden Nina   140
L'Enfant transparent
Le Livre de Poche Jeunesse, 1991. Traduit de l'anglais par H. Theureau.

Benameur Jeanne   251
La Boutique jaune
Thierry Magnier, 2002.

Benameur Jeanne   264
Pourquoi pas moi ?
Le Livre de Poche Jeunesse, 2002.
(1ʳᵉ édition : 1997)

Ben Kemoun Hubert   267
Foot d'amour
Thierry Magnier, 2005.

Ben Kemoun Hubert   199
Ma mère m'épuise
Le Livre de Poche Jeunesse, 2002.
(1ʳᵉ édition : 1951)

Ben Kemoun Hubert   79
Rapporteur !
Éditions Nathan, « Nathanpoche », 2004.

Bernos Clotilde   48
Aninatou
Éditions du Seuil, 1999. Illustré par L. Rosano.

Bienne Gisèle   96
La Petite Maîtresse
L'École des Loisirs, 2003.

Blanc Jean-Noël   26, 95, 152, 182, 219
Fil de fer, la vie
Éditions Gallimard, « Page blanche », 1992.

Blume Judy   175, 244, 271
C'est dur à supporter
L'École des Loisirs, 1984. Traduit de l'anglais (États-Unis) par I. Reinharez.

Bosco Henri   254
L'Enfant et la rivière
Éditions Gallimard, 1953.

Bourgeault Pascale   41
La Photo de classe
L'École des Loisirs, 2006.

Brami Élisabeth   335, 354
Ta Lou qui t'aime
Éditions du Seuil, 1999. Illustré par B. Poncelet.

Brami Maïa   119, 125
Ne me parlez plus de Noël !
Éditions Nathan, « Nathanpoche », 2005.

Brami Maïa   32
Serpent à lunettes !
Éditions Nathan, « Nathanpoche », 2006.

Brisac Geneviève   180
Les Amies d'Olga
L'École des Loisirs, 1992.

Brisac Geneviève   147, 265, 339
Olga n'aime pas l'école
L'École des Loisirs, 1991.

Buten Howard   11
Quand j'avais cinq ans, je m'ai tué
Éditions du Seuil, 1987, pour la traduction française, 2005, « Points », 2004. Traduit de l'anglais (États-Unis) par J.-P. Carasso.

Calvino Italo 186
*Si par une nuit d'hiver
un voyageur*
Éditions du Seuil, 1981,
pour la traduction
française, « Points », 1995.
Traduit de l'italien
par D. Sallenave et F. Wahl.

**Chateaubriand
François René de** 352
Mémoires d'outre-tombe
1848.

Cohen Albert 284,306,
Le Livre de ma mère 386
Éditions Gallimard, 1954.

Cohen-Scali Sarah 114
Ombres noires pour Noël rouge
Rageot, 1992.

Colette 51,90,
Claudine à l'école 118,151,
Albin Michel, 1931. 169,317,
(Ollendorff, 1900, sous 342
la signature de Willy)

Colette 214
Gigi
Librairie Arthème Fayard, 2004.
(Guilde du livre, 1944)

Colette 174,187,
La Maison de Claudine 200,227,
Librairie Arthème Fayard, 378
2004.
(Ferenczi, 1922)

Colette 217,330
Les Vrilles de la vigne
Librairie Arthème Fayard, 2004.
(Éditions de la Vie parisienne, 1908,
sous la signature de Colette Willy)

Couture Amélie 326
La Grève de la vie
Actes Sud Junior, 2002.

Creech Sharon 328
Boogie-woogie
Gallimard Jeunesse,
« Page blanche », 1999.
Traduit de l'anglais par A. Krief.

Dahl Roald 301
Charlie et la chocolaterie
© Roald Dahl Nominee Ltd., 1964.
Éditions Gallimard, 1967.
Traduit de l'anglais par E. Gaspar.

Dahl Roald 171
Dany, Le Champion du monde
© Roald Dahl Nominee Ltd.
Stock, 1978.
Traduit de l'anglais par J.-M. Léger.

Dahl Roald 19,59
Matilda
© Roald Dahl Nominee Ltd., 1988.
Éditions Gallimard, 1988.
Traduit de l'anglais
par H. Robillot.

Dahl Roald 318,337
Moi, Boy
© Roald Dahl Nominee Ltd., 1984.
Éditions Gallimard, 1985.
Traduit de l'anglais
par J. Hérisson.

Daudet Alphonse 10,12,
Le Petit Chose 192
1868.

Dayre Valérie 388
Le Jour où on a mangé l'écrivain
L'École des Loisirs, 1997.

De Amicis Edmondo 16
Grands Cœurs
Librairie Delagrave, 1945.

Delperdange Patrick 92,113
La Beauté Louise
Pocket Jeunesse, 2001.

Desplechin Marie 120
*Jamais contente,
Le Journal d'Aurore*
L'École des Loisirs, 2006.

Detambel Régine 377
Le Rêve de Tanger
Thierry Magnier, 1998.

Dickens Charles 49,145,
Les Grandes Espérances 154,368
Royaume-Uni, 1861.

Donner Chris 165,191
*Emilio ou la Petite Leçon
de littérature*
L'École des Loisirs, 1994.

Donner Chris 286
Je mens, je respire
L'École des Loisirs, 1990.

Donner Chris 275
Ma Coquille
L'École des Loisirs, 1990.

Donner Chris 85
Trois Minutes de soleil en plus
Éditions Gallimard, 1987.

D'Orta Marcello 112,308,
J'espérons que je m'en sortira 385
Éditions du Seuil, 1993,
pour la traduction française.
Traduit de l'italien par F. Aynard.

Druon Maurice 15
Tistou les pouces verts
Le Livre de Poche Jeunesse,
2007.
(Del Duca, 1957)

Ducharme Réjean 153
L'Avalée des avalés
Éditions Gallimard, 1966.

Duhamel Georges 220
Inventaire de l'abîme
Hartmann, 1944.

Duras Marguerite 88, 291
Moderato cantabile
Éditions de Minuit, 1958.

Duras Marguerite 80
La Vie matérielle
P.O.L., 1987.

Duras Marguerite 329
Yann Andréa Steiner
P.O.L., 1992.

Ephron Delia 334
C'est obligé de dire merci ?
Éditions du Seuil, 1992,
pour la traduction française.
Traduit de l'anglais (États-Unis)
par A. Debarède.

Ephron Delia 83, 166,
Comment faire 202, 331,
l'enfant – 17 leçons 389
pour ne pas grandir
Éditions du Seuil, 1983,
pour la traduction française.
Traduit de l'anglais
(États-Unis) par J.-P. Carasso.

Fairfax-Lucy Brian
et Pearce Philippe 209
Les Enfants de Charlecote
Gallimard Jeunesse,
« Lecture Junior », 1993.
Traduit de l'anglais
par L. du Chastel.

Faragorn Frédéric 196
Albertine Nonsaens
Éditions du Chantelune, 2002.

Farré Saint-Dizier Marie 305
Mina mine de rien
Éditions Gallimard, 1990.

Ferdjoukh Malika 30, 100,
Quatre Sœurs, 278, 295
tome I : *Enid*
L'École des Loisirs, 2003.

Firdion Jean-Marie 252
Kidnapping
Thierry Magnier, 2002.

Flaubert Gustave 13
Madame Bovary
1873.

Fleutiaux Pierrette 226, 276
Trini fait des vagues
Gallimard Jeunesse,
« Folio Junior », 1997.

Fournier Jean-Louis 56, 208
Il a jamais tué personne,
mon papa
Stock, 1999.

Fournier Jean-Louis 279
J'irai pas en enfer
Stock, 2001.

Fox Paula 105, 253,
Portrait d'Ivan 289, 302
Le Livre de Poche, 1990.
Traduit de l'anglais
(États-Unis) par J. Bouniort.

Fox Paula 320, 341
Vent d'ouest
L'École des Loisirs, 1995.
Traduit de l'anglais (États-Unis)
par S. Baldwin-Beneich.

France Anatole 122
Le Crime de Sylvestre Bonnard
Calmann-Lévy, 1881.

France Anatole 78
Le Livre de mon ami
Calmann-Lévy, 1885.

Frank Anne 18, 307,
Journal d'Anne Frank 371
Calmann-Lévy, 1992, 2001
pour la traduction française
par P. Noble et I. Rosselin-
Bobulesco.
(Calmann-Lévy, 1950)

Friot Bernard 29
Encore des histoires pressées
Éditions Milan, 1997.

Friot Bernard 47, 203,
Nouvelles Histoires minute 248
Éditions Milan, 2005.

Friot Bernard 184, 245
Nouvelles Histoires pressées
Éditions Milan, 1992.

Gary Romain 89, 181,
La Promesse de l'aube 292
Éditions Gallimard, 1960.

Gavalda Anna 288
35 Kilos d'espoir
Bayard Jeunesse, 2001.

Gide André 205, 259,
Si le grain ne meurt 309, 315,
Éditions Gallimard, 1924. 350

**Gilbreth Frank
et Ernestine** 64, 115
Six Filles à marier
Éditions Horay,
Éditions Flore, 1951.

**Gilbreth Frank
et Ernestine** 68
Treize à la douzaine
Éditions Horay, 1949.

Golding William 327
Sa Majesté des Mouches
Éditions Gallimard, 1956.
Traduit de l'anglais
par L. Tranec-Dubled.

**Goscinny René
et Sempé Jean-Jacques** 110
*Histoires inédites
du petit Nicolas*
IMAV éditions –
Goscinny / Sempé, 2006.

**Goscinny René
et Sempé Jean-Jacques** 40
Le Petit Nicolas
Éditions Denoël, 1960, 2002.

**Goscinny René
et Sempé Jean-Jacques** 144, 173
Le petit Nicolas a des ennuis
Éditions Denoël, 1964, 2004.
(anciennement *Joachim a des ennuis*)

**Goscinny René
et Sempé Jean-Jacques** 157
Le Petit Nicolas et les copains
Éditions Denoël, 1963, 2004.

**Goscinny René
et Sempé Jean-Jacques** 235
Les Récrés du petit Nicolas
Éditions Denoël, 1961, 2002.

**Goscinny René
et Sempé Jean-Jacques** 8, 322,
Les Vacances 333
du petit Nicolas
Éditions Denoël, 1962, 2003.

Gravel François 124
*Deux Heures et demie
avant Jasmine*
Boréal, « Inter », 1991.

Gravel François 231
Klonk
Éditions Québec Amérique,
1993.

Grossman David 23
Duel à Jérusalem
Éditions du Seuil, 2003,
pour la traduction française.
Traduit de l'hébreu
par S. Cohen.

Guène Faïza 9, 109,
Kiffe kiffe demain 126, 159,
Hachette Littérature, 2004. 303

Gutman Claude 312
À chacun ses affaires
Gallimard Jeunesse,
« Folio Junior Histoire courte »,
2006.

Gutman Claude 343
Danger Gros Mots
Gallimard Jeunesse,
« Folio Cadet », 2004.
(Syros, 1986)

Gutman Claude 242
Toufdepoil
Éditions Pocket Jeunesse,
département d'Univers
Poche, 1998.
(Bordas, 1983)

Hannigan Katherine 185, 212,
Ida B. 290
Éditions du Seuil, 2005,
pour la traduction
française, 2007.
Traduit de l'anglais
(États-Unis) par F. Ladd
et N. Rollet.

Härtling Peter 81
Ben est amoureux d'Anna
Pocket Jeunesse, 1999.
Traduit de l'allemand
par A. Berman.
(Bordas, 1981)

Hassan Yaël 20
Manon et Mamina
Casterman, 1998.
Avec l'aimable autorisation des auteurs
et des Éditions Casterman.

Hassan Yaël 87
Un grand-père tombé du ciel
Casterman, 1997.
Avec l'aimable autorisation des auteurs
et des Éditions Casterman.

Hassan Yaël 128, 142, 298
Un jour un jules m'@imera
Casterman, 2001.
Avec l'aimable autorisation des auteurs
et des Éditions Casterman.

Hatano Isoko et Ichiro 189
L'Enfant d'Hiroshima
© S.F.L.
Gallimard Jeunesse, 1977.
Traduit du japonais par S. Motono.
(Les Éditions du Temps, 1959)

Haugaard Kay 372
La Petite Fille au kimono rouge
Le Livre de Poche Jeunesse, 2007.
Traduit de l'anglais
par F. de Lassus-Saint-Geniès.
(Rouge et Or, 1970)

Hautzig Esther 106
La Steppe infinie
L'École des Loisirs, 1986.
Traduit de l'anglais (États-Unis)
par V. de Dion.

Heitz Bruno 42, 46, 158
Le Cours de récré
Circonflexe, 1989.

Herman Charlotte 104, 321
Le Fauteuil de Grand-Mère
Castor Poche Flammarion, 1980.

Hines Barry 35
Kes
Reproduced by permission of
The Agency (London) Ltd. © Barry
Hines. First published in 1968.
Éditions Gallimard, 1982. Traduit
de l'anglais par L. Tranec-Dubled.

Hirsching Nicolas de 70
Treize Gouttes de magie
Bayard Jeunesse, 1984.

Hoestlandt Jo 163
La Dent d'Ève
Actes Sud Junior, 2001.

Hoestlandt Jo 246
Mon Meilleur Ami
Casterman, 1998.
Avec l'aimable autorisation des auteurs
et des Éditions Casterman.

Horowitz Anthony 375
Satanée Grand-mère !
Le Livre de Poche Jeunesse, 2007.
(1ʳᵉ édition : 1994)

Howker Janni 148
Le Secret du jardin
Gallimard Jeunesse,
« Lecture Junior », 1993.
Traduit de l'anglais par A. Krief.

Hugo Victor 130, 243, 348
Les Misérables,
tome II : *Cosette*, 1862.

Jaoui Sylvaine 33, 53, 131
Spinoza et moi
Casterman, 2005.
Avec l'aimable autorisation des auteurs
et des Éditions Casterman.

Johnson Pete 198
Comment éduquer ses parents
Gallimard Jeunesse,
« Folio Junior », 2004.
Traduit de l'anglais
par B. Fussien.

Joly Fanny 274
Premier Rôle masculin
Gallimard Jeunesse,
« Folio Junior », 2006.
(J'ai lu, 2002)

Kästner Erich 150, 236
Deux pour une
Le Livre de Poche Jeunesse, 2007.
Traduit de l'allemand
par R. Lasne.
(1ʳᵉ édition : 1950)

Kästner Erich 250
Émile et les détectives
Stock, 1929.
Traduit de l'allemand
par L. Faisans-Maury.

Korczak Janusz 336
La Gloire
Castor Poche Flammarion, 1980.
Traduit du polonais
par Z. Bobowicz.

Laffon Martine 340, 355
Souvenirs de Bretagne
Éditions du Seuil, 2001.
Illustré par F. Burckel.

Lagerlöf Selma 127
Le Livre de Noël
Actes Sud, 1994.
Traduit du suédois
par M. de Gouvenain
et L. Grumbach.

Laird Elizabeth 22
Mon Drôle de petit frère
© Elizabeth Laird, 1993,
pour le texte d'origine,
Red Sky in the Morning, publié
par Egmont UK Ltd London.
Gallimard Jeunesse,
« Lecture Junior », 1993,
pour la traduction française.
Traduit de l'anglais par L. Ristel.

Larbaud Valery 146
Enfantines
Éditions Gallimard, 1918.

Laufer Danièle 338
L'Été de mes treize ans
Bayard Jeunesse, 2002.

Laufer Danièle 282
*Je n'oublierai jamais
ces moments-là*
Syros, 2000.

Laufer Danièle 314
Le Secret de Lola
L'École des Loisirs, 2002.

Léautaud Paul 74
Le Petit Ami
Mercure de France, 1903.

Le Clézio J.-M. G. 193, 296
Mondo et autres histoires
Éditions Gallimard, 1978.

Legendre Françoise 263
Le Petit Bol de porcelaine bleue
Éditions du Seuil, 1996.

Lemieux Michèle 162
Nuit d'orage
Éditions du Seuil, 1998.

Lenain Thierry 21
Je me marierai avec Anna
Éditions Nathan, 2004.
(Éditions du Sorbier, 1992)

Lenain Thierry 222
Le Magicien du square
Grasset Jeunesse, 2003.
(Scandéditions-La Farandole, 1993,
in *Histoires d'A.*)

Lenain Thierry 351
La Petite Sœur du placard
Éditions Nathan, 2003.
(Scandéditions-La Farandole,
1993, in *Histoires d'A.*)

Lenain Thierry 367
Un pacte avec le diable
Syros, 1988 (texte revu en 2006).

Lindgren Astrid 373
Fifi Brindacier
Le Livre de Poche Jeunesse,
2007. Traduction du suédois
par A. Gnaedig.
(1er édition : 1951, sous le titre
Mademoiselle Brindacier)

Lindgren Astrid 376
Zozo la Tornade
Le Livre de Poche Jeunesse,
2001. Traduit du suédois
par S. Trébinjac.
(1er édition : 1973)

Lindo Elvira 52
Manolito
Gallimard Jeunesse,
« Folio Junior », 1997,
pour la traduction française.
Traduit de l'espagnol
par V. Lopez Ballesteros.

Lou Virginie 266
Je ne suis pas un singe
Syros, 1989.

Louki Pierre 313
Un papa pas possible
Pocket Jeunesse, 1999.
(Bordas, 1981)

Lovera Vitali Corinne 99, 190
Lise.
Thierry Magnier, 2005.

Lowery Bruce 63
La Cicatrice
Corrêa, Buchet Chastel,
Paris, 1960.

MacLachlan Patricia 294
Sarah la pas belle
Éditions Gallimard, 1990.
Traduit de l'anglais
(États-Unis) par C. Todd.

Malot Hector 216
En famille, tome I
Hachette, 1952.
(Éditions Flammarion, 1893)

Malpass Eric 72, 129, 134
*L'Endroit rêvé
pour un trésor caché*
Éditions Pocket Jeunesse,
département d'Univers
Poche, 2003.
Traduit de l'anglais
par A.-M. Soulac.
(Robert Laffont, 1967, sous le titre
Le matin est servi)

Ma Yan et Haski Pierre 65
Le Journal de Ma Yan
Ramsay, 2002.
Traduit du chinois par H. Yanping.

McEwan Ian 240
Le Rêveur
Gallimard Jeunesse,
« Lecture Junior », 1995,
pour la traduction française.
Traduit de l'anglais
par J. Strawson.

Miles Betty 239, 273
Adieu mes douze ans
Éditions Pocket Jeunesse,
département d'Univers Poche,
1998.
Traduit de l'anglais
(États-Unis) par J.-B. Médina.

Mingarelli Hubert 225
Vie de sable
Éditions du Seuil, 1998.

Modiano Patrick 37, 107
Catherine Certitude
Éditions Gallimard, 1988.

Modiano Patrick 221
Quartier perdu
Éditions Gallimard, 1984.

Molnar Ferenc 45
Les Gars de la rue Paul
Le Livre de Poche, 2007.
Traduit du hongrois par A. Adorjan.
(Stock, 1937)

Morgenstern Susie 43
La Grosse Patate
Éditions Pocket Jeunesse,
département d'Univers Poche,
1999.
(Léon Faure, 1979)

Morgenstern Susie 380
Je t'aime
Thierry Magnier, 2003.

Morgenstern Susie 206
Lettres d'amour de 0 à 10
L'École des Loisirs, 1996.

Morgenstern Susie 17, 384
La Sixième
L'École des Loisirs, 1984.

Morpurgo Michael 27, 28,
L'Année des miracles 57
© 1993 by Michael Morpurgo.
Gallimard Jeunesse,
« Page blanche », 1999,
pour la traduction française.
Traduit de l'anglais
par N. Chassériau.

Mourlevat Jean-Claude 36
Je voudrais rentrer à la maison
Arléa, 2002.

Murail Marie-Aude 272
Le Défi de Serge T.
Bayard Jeunesse, 1993.

Myers Walter Dean 93
Compte à rebours
Castor Poche Flammarion, 1996.
Traduit de l'anglais (États-Unis)
par R.-M. Vassallo.

Némirovsky Irène 98, 255
Un enfant prodige
Gallimard Jeunesse,
« Page blanche », 1992.

Nöstlinger Christine 353
Comme deux gouttes d'eau
L'École des Loisirs, 1992.
Traduit de l'allemand
par D. Kugler.

Nöstlinger Christine 247
Jacob, Julia et Jéricho
L'École des Loisirs, 1987.
Traduit de l'allemand par B. Friot.

Nöstlinger Christine 137
J'ai aussi un père
L'École des Loisirs, 1997.
Traduit de l'allemand par J. Étoré.

Nöstlinger Christine 237, 300,
Le Môme en conserve 361
Le Livre de Poche Jeunesse,
2007.
Traduit de l'allemand
par A. Royer.
(1ʳᵉ édition : 1982)

Nozière Jean-Paul 133, 369
Fin août, début septembre
Gallimard Jeunesse,
« Hors Piste », 2002.

Nozière Jean-Paul 14
*Mais qu'est-ce qu'on va
bien faire de toi ?*
La Martinière Jeunesse, 2005.

Nozière Jean-Paul 345
Si tu savais Tobby...
Éditions Nathan,
« Nathanpoche », 2005.
(Rageot, 1998, sous le titre
Le Rebelle de quatrième)

O'Hara Mary 111, 311
Mon Amie Flicka
Calmann-Lévy, 1947,
pour la traduction française.
Traduit de l'anglais (États-Unis)
par H. Claireau.

Ollivier Mikaël 359
*Hier encore, mon père
était mort*
Thierry Magnier, 2006.
(J'ai lu, 2003, sous le titre
Un secret de famille)

Ormesson Jean d' 4
Le Figaro littéraire,
2 février 1995.

Ormesson Jean d' rabat
L'Odeur du temps
Éditions Héloïse d'Ormesson,
2007.

Oz Amos 179, 370
*Mon Vélo et autres
aventures*
Stock, 1983, 1986.
Traduit de l'hébreu par J. Pinto.

Pagnol Marcel 383
Le Château de ma mère
Éditions de Fallois, 2004.
(Pastorelly, 1957)

Pagnol Marcel 73, 195,
La Gloire de mon père 347
Éditions de Fallois, 2004.
(Pastorelly, 1957)

Pagnol Marcel 176
Le Temps des secrets
Éditions de Fallois, 2004.
(Pastorelly, 1959)

Pajak Frédéric 223
Le Chagrin d'amour
PUF, 2ᵉ éd. 2000.

Pennac Daniel 91
Kamo, L'Agence Babel
Éditions Gallimard, 2001.

Pergaud Louis 50, 149,
La Guerre des boutons 249, 258,
1912. 363

Pernusch Sandrine 319
Des vacances à histoires
Rageot, 1999.

Pernusch Sandrine 69
Faustine et le souvenir
Casterman, 1998.
Avec l'aimable autorisation des auteurs
et des Éditions Casterman.
(Scandéditions-La Farandole, 1986)

Pernusch Sandrine 143
Mon Je-me-parle
Casterman, 1996.
Avec l'aimable autorisation des auteurs
et des Éditions Casterman.
(Scandéditions-La Farandole, 1988)

Peskine Brigitte 232
Ça s'arrangera
L'École des Loisirs, 1982.

Peskine Brigitte 230
Le Journal de Clara
Le Livre de Poche Jeunesse,
2007.
(1ʳᵉ édition : 1996)

Pressler Mirjam 366
Mathilde n'a pas peur de l'orage
Actes Sud Junior, 1998.

Queneau Raymond 280
Les Ziaux II
Éditions Gallimard, 1966.

Ray Hélène 123
Juliette a-t-elle un grand Cui ?
Éditions du Seuil, 1982.

Reberg Évelyne 117, 268
Kalinka Malinka
L'École des Loisirs, 1990.

Reberg Évelyne 44, 285
La Rédac'
Éditions Nathan, « Pleine Lune »,
1984.

Renard Jules rabat
Journal (8 mai 1901)

Renard Jules 84, 121
Poil de carotte
Flammarion, 1894.

Resh Thomas Jane 224, 257
*Je n'aurai plus jamais
de chien*
L'École des Loisirs, 1989.
Traduit de l'anglais
(États-Unis) par F. Seyvos.

Révérend Alexandre 213
Le Pays du bout du lit
Gallimard Jeunesse,
« Giboulées », 2003.

Roger Marie-Sabine 204
À la vie, à la...
Éditions Nathan,
« Nathanpoche », 1998.

Roger Marie-Sabine 379
Le Château de Pierre
Hachette Jeunesse Roman,
« Côté Court », 2001.
(1ʳᵉ édition : 1998)

Roger Marie-Sabine 138
*La Moitié gauche
de la lune*
Éditions Pocket Jeunesse,
département d'Univers Poche,
2002.

Roger Marie-Sabine 349, 358
La Saison des singes
Bayard Jeunesse, 2002.

Roger Marie-Sabine 86
Les Tartines au kétcheupe
Éditions Nathan, 2000.

Rolland Romain 256, 346
Jean-Christophe
Albin Michel, 1925.

Ron-Feder Galila 310, 382
Cher Moi-même
Castor Poche Flammarion, 1993.
Traduit de l'anglais
par R.-M. Savignac.

Roy Claude 75, 332
La Maison qui s'envole
Éditions Gallimard, 1977.

Sabatier Robert 201, 277
Les Allumettes suédoises
Albin Michel, 1969.

Sachs Marilyn 161
Une difficile amitié
Castor Poche Flammarion, 1981.
Traduit de l'anglais (États-Unis)
par R.-M. Vassallo.

Sand George 24
Lettres d'un voyageur
1857.

Sanvoisin Éric 139
Le Nain et la petite crevette
Éditions Nathan,
« Nathanpoche », 1992.

Sarraute Nathalie 82
Enfance
Éditions Gallimard, 1983.

Sartre Jean-Paul 234
Les Mots
Éditions Gallimard, 1963.

Saumont Annie 233, 287
Embrassons-nous
Éditions Julliard, 1998.

Saumont Annie 76, 188,
Moi les enfants 365
j'aime pas tellement
Éditions Julliard, 2001.

Saumont Annie 387
La terre est à nous
Ramsay, 1987.

Seguin-Fontes Marthe 25
Lettres de mon jardin
Le Chêne, 1996.

Singer Isaac Bashevis 58, 66,
Un jour de plaisir 374, 381
Le Livre de Poche
Jeunesse, 1997.
Traduit de l'anglais
(États-Unis) par M.-P. Bay.
(Stock, 1979)

Smadja Brigitte 60
Billie
L'École des Loisirs, 1991.

Smadja Brigitte 241
Drôles de zèbres
L'École des Loisirs, 1992.

Smadja Brigitte 170
Halte aux livres !
L'École des Loisirs, 1993.

Smadja Brigitte 299
Il faut sauver Saïd
L'École des Loisirs, 2003.

Smadja Brigitte 270
*Qu'aimez-vous le plus
au monde ?*
L'École des Loisirs, 1980.

Strausz Rosa Amanda 101
Un garçon comme moi
Éditions du Seuil, 2005,
pour la traduction
française, 2007.
Traduit du portugais
(Brésil) par A.-M. Rumeau.

Supervielle Jules 160
L'Enfant de la haute mer
Éditions Gallimard, 1931.

Thompson Kay 108
Éloïse
Éditions Gallimard, 1982.
Traduit de l'anglais (États-Unis)
par J.-F. Ménard.

Torgov Morley 54, 94
Max Glick
© 1982 by Morley Torgov.
Castor Poche Flammarion,
1995. Traduit de l'anglais
(États-Unis) par R.-M. Vassallo.

Townsend Sue 136
*Journal secret
d'Adrien 13 ans 3/4*
Le Livre de Poche Jeunesse,
2007. Traduit de l'anglais
par B. Gartenberg.
(Stock, 1984)

Trotereau Anne 238, 281
*Journal de Ninon
Battandier*
L'École des Loisirs, 1991.

Troyat Henri 215
Viou
Flammarion, 1980.

**Truffaut François
et Moussy Marcel** 62
Les Quatre Cents Coups
Éditions Gallimard, 1959.

Twain Mark 156, 164,
Les Aventures 168, 183,
de Tom Sawyer 194
États-Unis, 1876.

Valdés Zoé 177
Au clair de Luna
Casterman, 1999.
Traduit de l'espagnol (Cuba)
par C. Val-Julián.
Avec l'aimable autorisation des auteurs
et des Éditions Casterman.

Vallès Jules 132, 207,
L'Enfant 211, 362
1879.
(Sous le titre *Jacques Vingtras*
et sous le pseudonyme de Jean La Rue)

Vamba 141
*Le Journal de
Jean la Bourrasque*
Le Livre de Poche Jeunesse,
1995. Traduit de l'italien
par N. Quez Cauwet.

Verhaeren Émile 97
Les Villages illusoires
1895.

Vildrac Charles 360
Bridinette
Société universitaire d'éditions
et de librairie, 1935.

Vildrac Charles 30, 61
L'Île rose
Albin Michel, 1924.

Vinaver Michel 155
Les Histoires de Rosalie
Père Castor Flammarion,
1980.

Vivier Colette 67, 178,
La Maison des petits 356
bonheurs
Casterman, 1996.
Avec l'aimable autorisation des auteurs
et des Éditions Casterman.
(Bourrelier, 1940)

Vivier Colette 262
La Porte ouverte
Casterman, 2003.
Avec l'aimable autorisation des auteurs
et des Éditions Casterman.
(Bourrelier, 1957)

Voisin Nicole 31
Le Pain de l'hôpital
Éditions du Seuil, 2000.

Winberg Anna-Greta 210, 218,
Ce jeudi d'octobre 269
Éditions de l'Amitié-
G. T. Rageot, 1976.
Traduit du suédois
par E. Vincent.

Wilson Jacqueline 228, 316
Les Queues de radis
Le Livre de Poche Jeunesse,
1992. Traduit de l'anglais
par E. Zysman.

Zenatti Valérie 172, 297
Fais pas le clown, Papa !
L'École des Loisirs, 2001.

Nous remercions les auteurs
et éditeurs qui ont bien voulu
nous autoriser à reproduire
ces extraits de textes, dont
le copyright reste leur propriété.
Malgré nos efforts, nous n'avons
pu identifier les ayants droit
de certains textes. Nous prions
ceux-ci de bien vouloir prendre
contact avec nous afin de
combler ces lacunes.

Où trouver ces romans choisis ?
Demandez-les en librairie,
Empruntez-les à la bibli,
Lisez-les selon vos envies !

Index classé par titre

35 Kilos d'espoir   288
Gavalda Anna

À chacun ses affaires   312
Gutman Claude

Adieu mes douze ans   239, 273
Miles Betty

À la vie, à la...   204
Roger Marie-Sabine

Albertine Nonsaens   196
Faragorn Frédéric

Les Allumettes suédoises   201, 277
Sabatier Robert

Les Amies d'Olga   180
Brisac Geneviève

Aninatou   48
Bernos Clotilde

L'Année des miracles   27, 28, 57
Morpurgo Michael

Au clair de Luna   177
Valdés Zoé

L'Avalée des avalés   153
Ducharme Réjean

Les Aventures de Tom Sawyer   156, 164, 168, 183, 194
Twain Mark

La Beauté Louise   92, 113
Delperdange Patrick

Ben est amoureux d'Anna   81
Härtling Peter

Billie   60
Smadja Brigitte

Boogie-woogie   328
Creech Sharon

La Boutique jaune   251
Benameur Jeanne

Bridinette   360
Vildrac Charles

Ça s'arrangera   232
Peskine Brigitte

Catherine Certitude   37, 107
Modiano Patrick

Ce jeudi d'octobre   210, 218, 269
Winberg Anna-Greta

C'est dur à supporter   175, 244, 271
Blume Judy

C'est obligé de dire merci ?   334
Ephron Delia

Le Chagrin d'amour   223
Pajak Frédéric

Charlie et la chocolaterie   301
Dahl Roald

Le Château de ma mère   383
Pagnol Marcel

Le Château de Pierre   379
Roger Marie-Sabine

Cher Moi-même   310, 382
Ron-Feder Galila

La Cicatrice   63
Lowery Bruce

Claudine à l'école   51, 90, 118, 151, 169, 317, 342
Colette

Comment éduquer ses parents   198
Johnson Pete

Comme deux gouttes d'eau   353
Nöstlinger Christine

Comment faire l'enfant – 17 leçons pour ne pas grandir   83, 166, 202, 331, 389
Ephron Delia

Compte à rebours   93
Myers Walter Dean

Le Cours de récré   42, 46, 158
Heitz Bruno

Le Crime de Sylvestre Bonnard   122
France Anatole

Danger Gros Mots 343
Gutman Claude

Dany, Le Champion du monde 171
Dahl Roald

Le Défi de Serge T. 272
Murail Marie-Aude

La Dent d'Ève 163
Hoestlandt Jo

Des vacances à histoires 319
Pernusch Sandrine

Deux Heures et demie avant Jasmine 124
Gravel François

Deux pour une 150, 236
Kästner Erich

Drôles de zèbres 241
Smadja Brigitte

Duel à Jérusalem 23
Grossman David

Éloïse 108
Thompson Kay

Embrassons-nous 233, 287
Saumont Annie

Émile et les détectives 250
Kästner Erich

Emilio ou la Petite Leçon de littérature 165, 191
Donner Chris

Encore des histoires pressées 29
Friot Bernard

En famille, tome I 216
Malot Hector

Enfance 82
Sarraute Nathalie

L'Enfant 132, 207, 211, 362
Vallès Jules

L'Enfant de la haute mer 160
Supervielle Jules

L'Enfant d'Hiroshima 189
Hatano Isoko et Ichiro

L'Enfant et la rivière 254
Bosco Henri

Enfantines 146
Larbaud Valery

L'Enfant transparent 140
Bawden Nina

Les Enfants de Charlecote 209
Fairfax-Lucy Brian et Pearce Philippe

L'Été de mes treize ans 338
Laufer Danièle

Fais pas le clown, Papa ! 172, 297
Zenatti Valérie

Faustine et le souvenir 69
Pernusch Sandrine

Le Fauteuil de Grand-Mère 104, 321
Herman Charlotte

Fifi Brindacier 373
Lindgren Astrid

Fil de fer, la vie 26, 95, 152, 182, 219
Blanc Jean-Noël

Fin août, début septembre 133, 369
Nozière Jean-Paul

Foot d'amour 267
Ben Kemoun Hubert

Les Gars de la rue Paul 45
Molnar Ferenc

Gigi 214
Colette

La Gloire 336
Korczak Janusz

La Gloire de mon père 73, 176, 195, 347
Pagnol Marcel

Les Grandes Espérances 49, 145, 154, 368
Dickens Charles

Grands Cœurs 16
De Amicis Edmondo

La Grève de la vie 326
Couture Amélie

La Grosse Patate 43
Morgenstern Susie

La Guerre des boutons 50, 149, 249, 258, 363
Pergaud Louis

Halte aux livres ! 170
Smadja Brigitte

Hier encore, mon père était mort 359
Ollivier Mikaël

Les Histoires de Rosalie 155
Vinaver Michel

Histoires inédites
du petit Nicolas 110
Goscinny René
et Sempé Jean-Jacques

Ida B. 185, 212,
Hannigan Katherine 290

Il a fait l'idiot à la chapelle ! 77
Auteuil Daniel

Il a jamais tué personne,
mon papa 56, 208
Fournier Jean-Louis

L'île rose 30, 61
Vildrac Charles

Il faut sauver Saïd 299
Smadja Brigitte

Inventaire de l'abîme 220
Duhamel Georges

Jacob, Julia et Jéricho 247
Nöstlinger Christine

J'ai aussi un père 137
Nöstlinger Christine

Jamais contente,
Le Journal d'Aurore 120
Desplechin Marie

Jean-Christophe 256, 346
Rolland Romain

Je me marierai avec Anna 21
Lenain Thierry

Je mens, je respire 286
Donner Chris

Je n'aurai plus jamais
de chien 224, 257
Resh Thomas Jane

Je ne suis pas un singe 266
Lou Virginie

Je n'oublierai jamais
ces moments-là 282
Laufer Danièle

J'espérons que
je m'en sortira 112, 308,
D'Orta Marcello 385

Je t'aime 380
Morgenstern Susie

Je voudrais rentrer
à la maison 36
Mourlevat Jean-Claude

J'irai pas en enfer 279
Fournier Jean-Louis

Journal d'Anne Frank 18, 307,
Frank Anne 371

Le Journal de Clara 230
Peskine Brigitte

Le Journal
de Jean la Bourrasque 141
Vamba

Le Journal de Ma Yan 65
Ma Yan et Haski Pierre

Journal de
Ninon Battandier 238, 281
Trotereau Anne

Journal secret d'Adrien
13 ans 3/4 136
Townsend Sue

Le Jour où on a mangé
l'écrivain 388
Dayre Valérie

Juliette a-t-elle un grand Cui ? 123
Ray Hélène

Kalinka Malinka 117, 268
Reberg Évelyne

Kamo, L'Agence Babel 91
Pennac Daniel

Kes 35
Hines Barry

Kidnapping 252
Firdion Jean-Marie

Kiffe kiffe demain 9, 109,
Guène Faïza 126, 159,
303

Klonk 231
Gravel François

Lettres d'amour
de 0 à 10 206
Morgenstern Susie

Lettres de mon jardin 25
Seguin-Fontes Marthe

Lettres d'un voyageur 24
Sand George

Lise. 99, 190
Lovera Vitali Corinne

Le Livre de bibliothèque 344
Arrou-Vignod Jean-Philippe

Le Livre de ma mère 284, 306,
Cohen Albert 386

Le Livre de mon ami 78
France Anatole

Le Livre de Noël 127
Lagerlöf Selma

Ma Coquille 275
Donner Chris

Madame Bovary 13
Flaubert Gustave

Le Magicien du square 222
Lenain Thierry

La Maison de Claudine 174, 187,
Colette 200, 227,
378

*La Maison des petits
bonheurs* 67, 178,
Vivier Colette 356

La Maison qui s'envole 75, 332
Roy Claude

*Mais qu'est-ce qu'on va
bien faire de toi ?* 14
Nozière Jean-Paul

Ma mère m'épuise 199
Ben Kemoun Hubert

Manolito 52
Lindo Elvira

Manon et Mamina 20
Hassan Yaël

*Mathilde n'a pas peur
de l'orage* 366
Pressler Mirjam

Matilda 19, 59
Dahl Roald

Le matin est servi 72, 129,
Malpass Eric 134

Max Glick 54, 94
Torgov Morley

Mémoires d'outre-tombe 352
Chateaubriand François René de

Mina mine de rien 305
Farré Saint-Dizier Marie

*Les Misérables,
tome II : Cosette* 130, 243,
Hugo Victor 348

Moderato cantabile 88, 291
Duras Marguerite

Moi, Boy 318, 337
Dahl Roald

*Moi les enfants
j'aime pas tellement* 76, 188,
Saumont Annie 365

*La Moitié gauche
de la lune* 138
Roger Marie-Sabine

Le Môme en conserve 237, 300,
Nöstlinger Christine 361

Mon Amie Flicka 111, 311
O'Hara Mary

*Mondo
et autres histoires* 193, 296
Le Clézio J.-M. G.

Mon Drôle de petit frère 22
Laird Elizabeth

Mon Je-me-parle 143
Pernusch Sandrine

Mon Meilleur Ami 246
Hoestlandt Jo

*Mon Vélo
et autres aventures* 179, 370
Oz Amos

Les Mots 234
Sartre Jean-Paul

Le Nain et la petite crevette 139
Sanvoisin Éric

*Ne me parlez plus
de Noël !* 119, 125
Brami Maïa

*Nouvelles Histoires
minute* 47, 203,
Friot Bernard 248

*Nouvelles Histoires
pressées* 184, 245
Friot Bernard

Nuit d'orage 162
Lemieux Michèle

L'Odeur du temps rabat
Ormesson Jean d'

Olga n'aime pas l'école 147, 265,
Brisac Geneviève 339

Ombres noires pour Noël rouge 114
Cohen-Scali Sarah

Le Pain de l'hôpital 31
Voisin Nicole

Le Pays du bout du lit 213
Révérend Alexandre

Le Petit Ami 74
Léautaud Paul

Le Petit Bol de porcelaine bleue 263
Legendre Françoise

Le Petit Chose 10, 12, 192
Daudet Alphonse

La Petite Fille au kimono rouge 372
Haugaard Kay

La Petite Maîtresse 96
Bienne Gisèle

La Petite Sœur du placard 351
Lenain Thierry

Le Petit Nicolas 40
Goscinny René
et Sempé Jean-Jacques

Le petit Nicolas a des ennuis 144, 173
Goscinny René
et Sempé Jean-Jacques

Le Petit Nicolas et les copains 157
Goscinny René
et Sempé Jean-Jacques

La Photo de classe 41
Bourgeault Pascale

Poil de carotte 84, 121
Renard Jules

La Porte ouverte 262
Vivier Colette

Portrait d'Ivan 105, 253, 289, 302
Fox Paula

Pourquoi pas moi ? 264
Benameur Jeanne

Premier Rôle masculin 274
Joly Fanny

Le professeur a disparu 323
Arrou-Vignod Jean-Philippe

La Promesse de l'aube 89, 181, 292
Gary Romain

Qu'aimez-vous le plus au monde ? 270
Smadja Brigitte

Quand j'avais cinq ans, je m'ai tué 11
Buten Howard

Quartier perdu 221
Modiano Patrick

Les Quatre Cents Coups 62
Truffaut François
et Moussy Marcel

Les Quatre Filles du docteur March 116, 283, 364
Alcott Louisa May

Quatre Sœurs, tome I : Enid 34, 100, 278, 295
Ferdjoukh Malika

Les Queues de radis 228, 316
Wilson Jacqueline

Rapporteur ! 79
Ben Kemoun Hubert

Les Récrés du petit Nicolas 235
Goscinny René
et Sempé Jean-Jacques

La Rédac' 44, 285
Reberg Évelyne

Le Rêve de Tanger 377
Detambel Régine

Le Rêveur 240
McEwan Ian

La Saison des singes 349, 358
Roger Marie-Sabine

Sa Majesté des Mouches 327
Golding William

Sarah la pas belle 294
MacLachlan Patricia

Satanée Grand-mère ! 375
Horowitz Anthony

Le Secret de Lola 314
Laufer Danièle

Le Secret du jardin 148
Howker Janni

Serpent à lunettes ! 32
Brami Maïa

Si le grain ne meurt 205, 259, 309, 315, 350
Gide André

Si par une nuit d'hiver un voyageur 186
Calvino Italo

Si tu savais Tobby... 345
Nozière Jean-Paul

Six Filles à marier 64, 115
Gilbreth Frank et Ernestine

La Sixième 17, 384
Morgenstern Susie

Souvenirs de Bretagne 340, 355
Laffon Martine

Spinoza et moi 33, 53, 131
Jaoui Sylvaine

La Steppe infinie 106
Hautzig Esther

Ta Lou qui t'aime 335, 354
Brami Élisabeth

Les Tartines au kétcheupe 86
Roger Marie-Sabine

La terre est à nous 387
Saumont Annie

Tistou les pouces verts 15
Druon Maurice

Toufdepoil 242
Gutman Claude

Treize à la douzaine 68
Gilbreth Frank et Ernestine

Treize Gouttes de magie 70
Hirsching Nicolas de

Trini fait des vagues 226, 276
Fleutiaux Pierrette

Trois Minutes de soleil en plus 85
Donner Chris

Une difficile amitié 161
Sachs Marilyn

Un enfant prodige 98, 255
Némirovsky Irène

Un garçon comme moi 101
Strausz Rosa Amanda

Un grand-père tombé du ciel 87
Hassan Yaël

Un jour de plaisir 58, 66, 374, 381
Singer Isaac Bashevis

Un jour un jules m'@imera 128, 142, 298
Hassan Yaël

Un pacte avec le diable 367
Lenain Thierry

Un papa pas possible 313
Louki Pierre

Les Vacances du petit Nicolas 8, 322, 333
Goscinny René et Sempé Jean-Jacques

Vent d'ouest 320, 341
Fox Paula

Vie de sable 225
Mingarelli Hubert

La Vie devant soi 55, 304
Ajar Émile
(pseudonyme de Gary Romain)

La Vie matérielle 80
Duras Marguerite

Les Villages illusoires 97
Verhaeren Émile

Viou 215
Troyat Henri

Les Vrilles de la vigne 217, 330
Colette

Yann Andréa Steiner 329
Duras Marguerite

Les Ziaux II 280
Queneau Raymond

Zozo la Tornade 376
Lindgren Astrid

Merci à Fanette Mellier pour sa typographie Amabelle.
Conception graphique et mise en page : Claire Faÿ.

Albin Michel Jeunesse
22, rue Huyghens, 75014 Paris – www.albin-michel.fr
Loi 49-956 du 16 juillet 1949
sur les publications destinées à la jeunesse
Dépôt légal : second semestre 2008
N° d'édition : 17803 – ISBN-13 : 978 2 226 17768 1
Imprimé en France par Normandie Roto Impression s.a.s.
à Lonrai (Orne)
N° d'impression : 081641